www.ingramcontent.com/pod-product-compliance
Lightning Source LLC
Chambersburg PA
CBHW061354160726
47995CB00001B/318

حين تساقطت
أوراق الربيع

رئيس مجلس
الإدارة
مها المقداد

بطاقة الكتاب:

اسم الكتاب: حين تساقطت أوراق الربيع
اسم الكاتب: أسماء عبدالهادي
نوع الكتاب: رواية
عدد الصفحـات: 92 صفحة
المقاس: 20 x14
رقم إيداع: 2024/5073
الترقيم الدولي: 978-977-87398-8-6
الطبعة: الأولى، 2024م

للتواصل والطلب من داخل أو خارج مصر:
00201129195867-00201033966291

الغلاف والتنسيق الداخلي والمراجعة

فريق دار المصرية السودانية الإماراتية للنشر والتوزيع

فريق عمل

دار المصرية السودانية الإماراتية للنشر والتوزيع

فريق عمل

سحر الروايات - ShrElRawayat

تصميم الغلاف: مريم وائل

التنسيق الداخلي: مريم محمد سيد

دار المصرية السودانية الإماراتية للنشر والتوزيع-مها المقداد

+201289024055

Mahaelmukdad@gmail.com

حين تساقطت أوراق الربيع

أسماء عبد الهادي

بسم الله الرحمن الرحيم

إلي كل من ترى أنها

عانت في حياتها وتظن أن ما يحدث لها هو نهاية المطاف وأن السعادة لن تعرف طريقًا لقلبها إليكِ هذه القصة

إلي كل فتاة يُعتَدى عليها وتكون ضحية حيوانات بشرية تجري وراء غرائزها فقط لتسلب الفتيات أعز ما تملك، وتظن أنها نهاية العالم وأن حياتها تدمرت إليكِ هذه القصة

هذه القصة لي ولكم لنتذكر أنه عندما تحفظ الله يحفظك

لماذا تتهرب مني صار لنا أكثر من شهر متزوجان ولا استطيع الاقتراب منها، كلما حاولت كانت تبتعد هي، تصنع ألاف الحجج والمبررات لأبتعد عنها لكي لا أستطيع أن أخذ حقي الشرعي ونصبح متزوجين بالفعل، تركتها علي راحتها ظننت في البداية أنها خجلة خائفة كمثل الكثيرات من الفتيات الآتي لديهن رهبة من الزواج، حاولت معها بشتى الطرق باللين والتودد وكل السبل لكن لا استطيع الوصول إليها، لم أري منها عيبًا قط تحسن معاملتي تهتم ببيتي وبي، تعد لي اشهي المأكولات، تسهر علي راحتي لم أري البيت يوماً ليس نظيفًا أراه كل يوم مرتبًا تلفح منه رائحة عطرة علي الدوام أما هي فتهتم بنفسها وبملابسها لم أرها يومًا أهملت في نفسها حتى وهي تنظف المنزل كانت ترتدي أفضل الملابس و أجملها لم تقع عينيّ منها علي قبيح، أحببتها نعم أحببتها وأنا الذي تزوجتها تنفيذًا لرغبة أمي ورغبتها هي أيضا، فهي من دخلت حياتي وفرضت نفسها عليَّ وعلي والدتي المريضة، ساعدتها وأهتمت بها كأمها، كانت تختلق الأعذار والحجج كي تأتي إلينا وتتحدث معي، فرضت نفسها علينا بشكل عجيب، كنت تقريبا ما أراها كل يوم لدرجة أني اعتدت علي رؤيتها كروتين يومي، كانت فتاة جميلة مرحة دائمة الابتسامة التي لاتبرح شفتيها لكن وسط مرحها وابتسامتها الدائمة تلك استطعت أن ألحظ لمحة الحزن التي دائمًا ما تحاول إخفاءها، كانت بارعة حقًا في إخفاءها لكني لاحظتها، كنت علي يقين أن ابتسامتها ماهي إلا محض خدعة فهذه الفتاة بداخلها حزن دفين تحاول التغلب عليه ببسمتها تلك، استمر بها الحال أشهر عديدة تأتى إلينا يومياً لا تنقطع أبدا، اقتحمت عالمنا ونحن لم نكن ندري عنها شيئاً، أحبتها أمي وتعلقت بها كثيراً لدرجة أنها رشحتها لي للزواج، عارضت أمي فكيف أتزوج فتاة لا أعرف عنها شيئاً فتاة دخلت عالمنا دون استاذان لا نعرف حتى مَن أهلها ومن أين جاءت وأين تسكن وتعيش

لتجيب أمي_الفتاة نعرفها منذ مدة طويلة ولم أري منها شيئاً معيباً قط بل هي فتاة حسنة الخُلق حَيية، خدومة طيبة ساعدتني كثيراً وألِفت وجودها معي تعلقت بها أنا أعدها ابنتي التي لم أنجبها يا نديم.

_يا أمي ألا تري أن وجودها معنا شيئًا غريبًا، كيف بفتاة محترمة أن تدخل بيت أناس لا تعرفهم وتتعامل معهم بهذه البساطة والسهولة

_يابني، الفتاة أحبتنا، أَلَف الله بين قلوبنا بسرعة ولم تستطع الابتعاد عنا وخاصة أني عرفت أنها يتيمة الأبوين، ربما وجدت فينا تعويضا لها عن أهلها، وجدت فينا دفء الأسرة التي تحتاج إليه دائما يا نديم، إذا كنت تحب أمك فتزوجها

بعد إلحاح دام شهرًا كاملا من أمي، وبعد أن رأيت الموافقة في عينيها وتلميحاتها فكانت دائما ما تقول لي أنها تريد الزواج ب أحد مثلي

وافقت وتم زواجنا الذي مازال حتى الآن علي ورق فقط

اقربنا علي الشهرين وبدأت أفقد صبري رويدًا، وبدأ الشيطان يُهيىء لي اشياء وتصورات كانت بعيدة كل البعد عن تفكيري طوال الفترة الماضية كلها

فكيف لفتاة دخلت عالمي بكامل إرادتها وأخذت تتقرب

مني ومن أمي حتى تزوجتها وعندما تزوجتها لم أستطع الاقتراب منها، ألا أنها قد فعلت شيئا مشينًا وتود التستر به بالزواج بي، جاءت إلينا تدعي الأدب و الأخلاق كي أتزوجها ولكنها لا تسمح لي بالاقتراب منها حتى لا أعرف جريمتها النكراء كي لا أعرف أنها ليست...

يالا حماقتها ألا تعرف أني سأكتشف فعلتها تلك عاجلا أم أجلاً، سواء شهر أو عام حتى، ستنكشف في الأخير..

قررت أن أضع حداً لتصرفاتها وشكوكي نحوها وخاصة أنها تفعل كل شيء لإرضائي لدرجة أني حقاً ذوبت حباً بها، لمَ لا تفعل ذلك إلا لأنها تجعلني أغض الطرف عن فعلتها وأغفرها لها

قررت أخذها عنوة لأكتشف حقيقتها، قاومتني بشدة بكل ما أوتيت من قوة، قوة لم أعهدها بها يوما ولم أعرف أنها حقاً تمتلك مثلها فهي دائما ما كنت أراها فتاة هشة ضعيفة، استغربت مقاومتها الغريبة والقوية تلك، لم أُرد أن يكون الأمر أشبه بال إغتصاب فأنا حقا أحبها ولا أريد

أن أجرحها ولكنني أريد أن أنهي هذا الصراع بداخلي أريد أن أُبعد نار الشك التي باتت تتيقن لي أنها حقيقة يومًا بعد يوم، يإلهي ماذا عليَّ أن أفعل!

لذا قررت مواجهتها ولكن طال أمر مواجهتي لها أسبوعا كاملا منذ آخر محاولة لي وهي تخافني أري ذلك جليا في أعينها ولكني لماذا أري نظرة التحدي تلك في أعينها، بت أري نظرة غريبة لم أستطع تفسيرها يإلهي هل بت استطيع قراءة لغة العيون أم ماذا؟

زفرت بضيق وضجر بدأت السأم فعلا لابد أن أضع النقاط علي الحروف وليحدث ما يحدث لابد أن أتأكد من تلك التي تزوجتها أهي عفيفة حقاً أم أنها تدعي العفة علي أنا فقط لكني قررت أن أفعل آخر محاولة قبل أن اكتشف الأمر بنفسي فلقد عدلت عن أمر المواجهة لأنها حتمًا ستتنكر وقد تأخذ الأمر حجة كي تبتعد أكثر بزعم أني أشك بها وتطلب الطلاق وتَفِر بفعلتها_لا لن يحدث لابد أن اكتشف حقيقتها الدنيئة تلك لن أكون بوابة تستتر بها لتفعل بعد ذلك مايحلو لها فكان حلي الأخير...أن أذهب بها إلي طبيبة نفسية وأشرح لها مايحدث منذ زواجنا

حدثت الطبيبة أولا بكل شيء حتى شكوكي بزوجتي لكنها قالت_ربما هي تخاف من الزواج، عادة عندما تمر الطفلة أو تسمع تجربة سيئة في صغرها تبيت عندها عقدة تكبر معها حتى تتضخم و تصبح مشكلة تظهر آثارها عند الزواج فلا تسمح بالزوج من الاقتراب منها، دعني أراها وأتحدث معها كي استطيع تشخيص حالتها.

رحلت من عند الطبيبة بعد أن وعدتها بإحضار زوجتي معي بالمرة القادمة

فاتحتها بالأمر فلم تمانع أو تعترض ووافقت علي الذهاب معي علي الفور، لوهلة أحسست أني ظلمتها بشكوكي نحوها، فعلي ما يبدو أنها حقا كانت تشعر بمشكلتها وتريد علاجها لكنها كانت تستحي طلب ذلك مني وانتظرت حتى ألجأ أنا لذلك الحل.

حددنا اليوم مع الطبيبة، وذهبنا معاً، طلبت الطبيبة الجلوس معها بمفردها ففعلت وخرجت أنا ومكثوا بالداخل معًا فترة من الوقت حتى وجدت الممرضة تستدعيني لأدخل

فقالت لي الطبيبة أن زوجتي بخير وربما تحتاج لبعض الوقت فقط

***

لست أدري ما أفعل... إذا ماذا الآن؟، هل عليَّ أن أواجهها؟

قررت حقا أن أتحدث معها بشكل جِدي

لذا انتظرت إلي أن عُدنا للمنزل وطلبت منها أن تجلس كي نتحدث سويا، لم أرد أن تفهمني خطأ، أخشى أن تأخذ الأمر بحساسية مفرطة فتحزن وهي تلك الرقيقة التي لم أري منها أي قبيح إلي الآن ولكني نفس بشرية، يوسوس لي الشيطان أحيانا فأصدقه، أشك وأرتاب ولابد من أتبين الحقيقة لأهدأ، لأستمر في السير قُدما معها إلي تكملة حياتنا الزوجية بشكل طبيعي فأنا تزوجت لأعف نفسي بالحلال، ، تزوجت لكي أنجب اطفالا لأزيد عدد أمة محمد فالرسول الكريم قال "تزوجوا الودود الولود". " تكاثروا فأني مباه بكم الأمم"

انتظرت إلي أن تناولنا طعام العشاء الذي أحضرته معي أثناء عودتنا من عند الطبيبة، تناولت معي بصمت اعتدته منها ومن ثَم نظفت المائدة وهمّت بالذهاب إلي الغرفة الآخرى حيث تنام بالعادة

استوقفتها و أنا أنادى _نايا من فضلك هل يمكننا التحدث؟

التفتت إلي وقالت باعتذار_أنا آسفة، أشعر بالتعب وأحتاج للنوم.

كانت تتهرب مني كعادتها دائما لكني أصريت عليها أن نتكلم قليلا _نايا أنا أحتاج التحدث إليك في موضوع خاص بنا، نايا يجب أن نضع النقاط علي الحروف ما يحدث الآن لا يجب أن يستمر كتيرا، لقد بدأت أفقد صبري وتحملي بدأ ينفذ.

نظرت اليّ وأدعت عدم الفهم وأنا علي يقين تام أنها تفهم في أي شيء أريد أن أحداثها

جلستُ علي الأريكة و استندت علي الوسائد المتراصة عليها وأشرت لها بالتقدم

شعرتُ بترددها، كادت أن تستجيب وتأتى لتجلس معي لكنها فجاءة قررت أن تعود إلي غرفتها ومشت نحو باب الغرفة وهي تقول_أعتذر، ربما في الغد نتحدث

استبقتها إلي الباب وقلت بحزم وأنا أمسك يدها _سنتحدث الآن ولننهي هذا الأمر تماما

سحبت يدها من يدي بلطف وقالت لي بقلة حيلة _حسنا

جلست علي الأريكة المقابلة لي وبدأت أقول وهي تتفادى النظر اليّ _نايا، لماذا تتهربين مني

لتقول _أنا لا اتهرب منك، والدليل أني أجلس معك الآن

نديم _حسنًا إذا، أولسنا متزوجان؟؟

نايا_بلي نحن كذلك

نديم_إذا ماذا، لماذا تنأمين في غرفة مستقلة عني، لم لا استطيع الاقتراب منك أكثر

صمتت نايا ولاحظت إرتباكها وتوترها تغيرت حركة بؤبؤ عينيها وبدأت أشعر بأنفاسها تعلو وتهبط من فرط القلق

قلت_ظننت الأمر حالة نفسية ولكن الطبيبة أكدت لنا أنك بخير، إذا ما المانع الآن، هيا دعنا نبدأ حياتنا كزوجين علي سنه الله ورسوله

تسمّرت مكانها ولم تنطق ببنت شفة

بدأت الشكوك تساورني من جديد، بات الأمر واضحا في الأمر سر وعلي أن اكتشفه والليلة لن أحتمل الانتظار أكثر من هذا

قلت_نايا ماذا تخيفين عني؟

قالت بتلعثم_لا شيء

قلت _حسنا هيا بنا

_لا

أجبتها بغضب _ماذا يعني لا، إذا فلم قبلتي بالزواج بي؟

قالت بهدوء_حسنا فلتطلقني إذا، لأني لن أسمح لك بالاقتراب مني

عندها جُن جنوني وفقدت صبري، قمت من مكاني وأمسكتها من رسغها بحدة أجبرتها علي الوقوف وقلت وأنا أصرخ بها_هذه خطتك إذا، تدخلين بيتنا ونحن لا نعرف عنك شيئا حتى اتزوجك بعض الوقت ومن ثم تطلبين الطلاق وتعودين وكأن شيئا لم يكن.

سحبت يدها وأخذت تفركها بهدوء وهي تقول_والآن بت تعرف الحقيقة فلتطلقني إذا

قلت وأنا لأصرخ ووجهي كله غضب _نايا لا تستهزئين بي، أهذه حقاً خطتك منذ البداية

ابتلعت ريقها في خوف وهي تقول _أ..أجل

أمسكتها من ذراعها بقوة أوجعتها فلقد تعمدت ذلك _لمَ فعلتِ ذلك؟

نظرت إلي نظرة لم افهمها نظرة بها مسحة الحزن التي أراها بعينيها منذ أن رأيتها أول مرة ومازلت أراها إلي الآن، لكنها لم تجيبني

صرخت بها أكثر مع استمرار بالضغط علي ساعدها _أجيبي، لمَ فعلت ذلك؟

تكلمتْ بوجع من ضغطي بقوة علي ذراعها_لي أسبابي التي سأحتفظ بها لنفسي

ليجن جنوني أكثر وقلت و أنا أسحبها خلفي من ذراعها عنوة_إذا سأكتشف ذلك الآن وبنفسي

أرغمتها علي دخول الغرفة كانت تقاومني وبشدة وهي تحاول الإفلات من قبضة يدي_إبتعد لن يحدث أبدا ما تريده

_أسمعي أنتي من أجبرتني علي هذا الأسلوب ثم لِنت قليلا وتركت يدها وقلت بهدوء فلم اشأ أن يكون أول لقاء لنا بالإجبار بهذا الشكل فأنا أحبها حقا

_نايا، رغم إعترافك هذا، فأنا أحبك و أريد الإستمرار معك أريد أن تكون حياتنا طبيعية، هل هنالك شيء تصارحينني به؟

لتتحلي بالصمت مرة أخرى

_نايا، تكلمي، هل تخشي أن اكتشف شيئا ما، لهذا تتهربين؟

لتنظر إلي وهي تبتلع ريقها وتحاول أن تبدوا متماسكة رغم أني أعرف أنها تتآكل من الداخل

اقتربت منها وبت علي يقين أنها ليست عذراء ولكني قلت بهدوء_نايا أسمعي، إذا كان ما حدث لك رغمًا عنك فأنا مستعد لتقبل ذلك، لكن عليكِ أن تخبريني بكل شيء ارجوكِ

لتتحلي بالشجاعة وتقول بنظرة تحدي وعناد أراها في وجهها لأول مرة_و أن لم يكن رغما عني فماذا كنت لتفعل؟

لتتحول أعيني للحجيم علي وقاحة الرد _ماذا!! اتقولينها هكذا ببساطة دون أدنى إحساس بالخزي، أتقولين لي أنكِ..أنكِ..فعلتي هذا بإرادتك؟!

لتقول لي بأسلوب لم أعهده عليها فهي دائما الهادئة المطيعة _لا تُمثل عليَّ دور الشريف، أيها النذل الحقير

ما أن سمعتها تقول هذا عني حتى رفعت يدي لتستقر علي وجهها

لتصرخ بقوة علي إثر صفعي لها وأنا أقول_اخرسى وإياك التطاول عليّ مرة آخري

لتضع يدها مكان الصفعة وهي تقول _الآن اظهر علي حقيقتك لا داعي للتمثيل أكثر من هذا، ظللت طوال هذه المدة تدعي النبل والأخلاق حتى والدتك لم تعرف عنك شيئا لكني أعرفك جيدا، ما أنت سوى زان حقير، ثم أكملت ببكاء_تعتدي علي الفتيات وتُفقدها أغلى ما تملك وتأتي

الآن لتفهمني أن عندك نخوة أو شهامة، ثم قالت باستهزاء وهي تمسح دموعها _كلا لا أظن ذلك، فما أنت سوى حيوان، أجل أنت حيوان بصورة إنسان

لم أفهم ما تقوله وما تنعتني به لأقول لها باندهاش_ماذا تقولين، أتدرين ما تتفوهي به؟

نايا _اسمع، لم أعد أرغب بالاستمرار هنا أكثر، لقد تعبت التمثيل وتعبت من رؤيتك أنت أيضا تمثل دور الشريف هذا، تعرف أنت بارع في التمثيل حقاً، لو لم أكن أعرفك جيداً لانطلت عليّ حيلتك وتمثيلك هذا، فلتطلقني يا نديم، وليذهب كل منّا إلي حاله فلم أعد أطيق رؤيتك أكثر من هذا سأرحل إلي مكان لا توجد أنت به أبدا.

أغمضت أعيني قليلا لاستوعب ما تتهمني به فأنا بالكاد أفهم ما تقوله لمَ تتكلم عني بهذا الأسلوب

_نايا، لم تتكلمين عني هكذا فلتتحدثي بوضوح وأي تمثيل هذا الذي أقوم به؟ أنا لا أفهم شيئا.

لتصرخ بي _لا تدعي الغباء أيها الحقير، فلتغرب عن وجهي أقسمت أن أقتلك ولكني للآسف أحببت والدتك ولن أطيق أن أراها حزينة إن قتلتك، فلتذهب إليها ولتقبل يدها فهي أنقذتك مني

لأقول وأنا أكاد أجن _أسمعي إذا كنتِ تقولين هذا الكلام كله كي تفلتين بفعلتك وتتهربين من دنائتك فأنت تحلُمين، أقسم أن أربيك من جديد، حتى تكوني عبرة لغيرك من الفتيات التي تبيع نفسها وتُسلم جسدها هكذا بكل سهوله للكلاب تنهش بها دون أي ذرة ندم أو خزي حتى

لتصرخ به نايا من ما تسمعه من افتراءات عليها وتمد يدها لتهوى علي وجهي لترد لي الصفعة_اخرس، قطع لسانك، أنا أشرف منك مليون مرة، من أنت لتتحدث عني بهذا الشكل وتفتري عليّ هكذا، يبدو أنك نسيت من تكون.

وتجلس علي الأرض تبكي بقوة فعلي ما يبدو أن كلامي قد جرحها فقوة لأتخبط أنا في أفكاري أكثر ولم أعد أفهم شيئا مطلقا، هل هي حقا مذنبة أم ضحية ولماذا تقول عني هكذا ويبدو أنها مصرة علي ذلك

نظرتُ إليها فوجدتها تجلس علي أرضية الغرفة ضامة أرجلها إلي صدر ها وتضع رأسها بين يديها وتبكي بحرقة

مسحتُ شعر رأسى بيدي ببطء لأفكر ماذا علي أن أفعل

لأجدني أدنو منها وأنا أقول _أرجوكِ اشرحي لي ما يحدث فأنا لم أعد أفهم شيئاً، من أنت حقاً؟، وهل أنت مذنبة أم ضحية وإذا كنتِ لا تريدينني فلماذا وافقتِ علي الزواج إذا، من فضلك تكلمي!!

لترفع رأسها لأعلي وتنظر إلي بعينيها الدامعتين _و إن كنت مذنبة فهل سأقول أني كذلك، حتما كنت لأكذب فما من فتاة تقول علي نفسها ذلك حتى لو كانت مذنبة فعلا

لأقول بهدوء_لكنكِ لست كذلك فعلا، أنا أعرفك يا نايا، أنت إنسانة رائعة ذا خُلق فلو كنتِ كذلك لكان ظهر عليكِ اثاره _فالطبع يغلب التطبع_ لكني لم أري منكِ أي قبيح أبدا بل بالعكس لم أري سوى فتاة جميلة هادئة طائعة.

لتقول باستغراب _غريب حقا، فهذا ما استغربه فيك، كيف تفعلها كيف استطعت أن تقنعني طوال الفترة التي قضيتها هنا، أنك إنسان جيد ذا خلق، أءنت ممثل بارع لهذه الدرجة، فلم أري منك أي تصرف غير لائق، لم أرك يوما تسهر خارج المنزل لم أرك يوما ثملاً، حتى لم أرك يوماً سيء الخُلق، أم أنك تبت فعلا وتغيرت لتكون شخص آخر غير الذي أعرفه؟

جلستُ جوارها علي الأرض أجاريها في الكلام علي هذا المنوال فهي سوف تحكي وسأفهم الآن ما يحدث قلت _ وما الذي كنتِ تعرفينه عني؟

لتقول لي بألم_أعرف ماضيك القذر الذي كنت أنا جزء منه.

_جزء منه كيف، فأنا لم أعرفك سوى منذ مجيئك إلينا

لتكمل هي بألم وقد بدأت دموعها تنهمر كالشلال مرة أخرى _أعرف أنك لم تستطع التعرف عليّ إلي الآن فأنت كنت ثملا يومها كنت كالوحش، كالحيوان المفترس لم تشفع لي توسلاتي لك بتركي وشأني لم يشفع لي بكائى ونحيبي وأنا ضعيفة قليلة الحيلة فلم تتركني إلا جثة هامدة وتركتني ملقاة علي الأرض غارقة في دمي وهربت مبتعداً فهذا طبع الجبان القذر أمثالك ثم حاولت الابتسام رغماً عنها وهي تنظر لي بألم أقسم أنه إذا كان شيئا ماديا لحطمني نصفين _هل عرفت الآن من أكون؟

***

فلنعد لنقطة البداية ولأعرفكم الآن من أكون

اسمى نايا فتاة مرحة، هادئة، علي قدر متوسط من الجمال، متوسطة القامة لستُ بالطويلة ولا بالقصيرة، فتاة محتشمة أرتدى جيب واسع وسترة واسعة طويلة أيضا وعلي رأسي حجاب يغطي كتفي فهكذا تربيت وترعرت في بيت والدىّ الذي علماني كيف ألا أُغضب ربي، وأطيعه وأراقبه في أفعالي وأقوالي.

تبدأ حكايتي أقصد معاناتي عند سن الثامنة عشر

كنت فتاة مجتهدة أحلم أن أدخل الجامعة أدرس في الكليه التي أحب فأنا كنت أحلم أن أكون سيدة أعمال مشهورة، أعمل في شركة وأكون ذا شأن

لذا كنت أنتظر نتيجة التنسيق بفارغ الصبر أتطلع لأري هل سيتثني لي أن التحق بكلية إدارة أعمال التي أتمنى أم لا؟

في ذلك اليوم المشئوم بالنسبة لي والذي من المفترض أن يكون أسعد يوم في حياتي فهو اليوم الذي ظهرت فيه نتيجة التنسيق و أني قبلت حقا في إدارة الأعمال

في صباح ذلك اليوم

كنت نائمة في فراشي لتأتي أمي لايقاظي بحنان كالمعتاد فهي أم رائعة حقا_نايا، حبيبتي

تثاءبت بكسل وأنا أتقلب في الفراش مازلت أريد المزيد من النوم بعد، لا أريد الاستيقاظ الآن _دعيني ياأمي، قليلا بعد

لتُصر عليّ أمي بأن استيقظ _هيا نايا، دعكِ من هذا الكسل وقومي نحن بانتظارك في الخارج

لأقوم بتثاقل شديد وأنا أفرك عينيّ لأزيل أثار النوم وأقول بتبرم_أمي

لتجيبني وهي تحاول التفريق بيني وبين فراشي الحبيب _هيا هيا، فاليوم ستظهر النتيجة ونحن متشوقان جدا

لأقول وقد قمت من فراشي ووقفت أمام أمي أقبل جبهتها بحب_لهذا السبب لا أريد الاستيقاظ أمي، أخشى أن أصيبكم بخيبة أمل أن لم أقبل

لتقول أمي بثقة وتشجيع _متأكدة أنك ستُقبلين في إدارة الأعمال بإذن الله

لأقول برجاء_يارب يا أمي يارب

لتقول أمي_أريد أن أقول لك أن كل اختيار الله لكِ خير فبالرغم من أني واثقة أنك ستقبلين في إدارة الأعمال، ألا أنه إذا لم تقبلين فأنا علي يقين أنك ستتفوقين في أي مجال تدخلينه، نايا أنت فتاة مجتهدة وذكية وطموحك فوق السماء، لذا لا تخافي بنيتي، نحن لن نصاب بخيبة أمل، نحن فقط نريدك أن تحصلي علي ما تريدين، سعادتنا هي أن نراك سعيدة يا نايا في أي كلية وأي مجال كان، فلتنفضي عنك غبار التوتر والقلق ولترضي بما سيقسمه الله لك، ليس معني أني أقول لك أن تستسلمى لا، بل أقصد الرضا، الرضا يابنتي هو من يجعل الفرد سعيدا في حياته، تسليم الأمر كله لله و أنت علي ثقة أنه لن يضيعك

ل أبتسم لأمي بحب و إعجاب وأنا أقبل يدها_لا حرمني الله منكِ يا أمي، نصائحك غالية جدا

لتحيطني أمي بين ذراعيها _بارك الله فيكِ ابنتي، هيا والدك بانتظارنا في الخارج كي نتناول، هيا، لا أريده أنان يمل من الانتظار

نايا _حسنا أمي

خرجنا إلي حيث يجلس والدي علي المائدة وأنا أقول بإبتسامة صافية_صباح الياسمين علي أحلي والد في الدنيا، ومن ثم أقبل يده كما أفعل عادة كل صباح

ليقابلني بإبتسامته الحنون_صباح الخير حبيبتي، كيف حالك؟

_بخير حال الحمد لله يا والدي

ليقول بمزاح_أري أنك تأخرتي في الإستيقاظ من النوم علي غير عادتك، أتحاولين الهرب أم ماذا فاليوم ستظهر النتيجة

لأقول وأنا أبتسم_يبدو أنك قد كشفتني يا والدي

_أنا أعرف ابنتى جيدا، فهي عندما تتوتر أو تخاف من شيء ما تلجأ للنوم لتنسى، كوسيلة للهرب

لأقول بإحراج_أحم، حسنا أبي لا مزيد من الهرب بعد الآن فأنا بعد شهر سأصير فتاة جامعية ولابد أن أكون أكثر قوة لما أنا مقبلة عليه في حياتي

_أحسنتِ ياابنتي، هيا لتناول الإفطار الآن ولنتناقش فيما بعد

تناولنا الإفطار ثلاثتنا، وبعدها قمت بتحضير كوبين من القهوة لي ولأبي، أما أمي فأحضرت لها كوبا من الشاي لأنها لا تحب القهوة صباحا مثلنا، جلسنا نتبادل اطراف الحديث وكان وقت ممتعا حقا قضيناه معا نتناقش في أمور عدة ويسدون لي النصائح التي ستفيدني في حياتي فيما بعد.

بعد ذلك

قمت لأفتح جهازى اللوحى لأري النتيجة لابد وأنها قد ظهرت الآن، ففعلت وأدخلت بياناتي لأنتظر علي شوق تحميل الصفحة لتنفرج

أساريري وأصرخ بأعلي صوت وأنا أقفز عاليا كالأطفال _أجل، أجل لقد فعلتها، لقد تم قبولي، أكاد لا أصدق، جعلت احتضن والدىّ بفرحة وأنا أقول _أنا سعيدة حقا، يا أمي- فأنا سأدرس في المجال الذي أحب

لتقول أمي بعد_أن حمدت الله_الحمد لله يا ابنتي_، جبر الله بخاطرك

ربت والدي علي شعري وهو يقول_فلترفعي رأسنا يا سيدة الأعمال المستقبلية، أتمنى لكِ مستقبل مشرق ياابنتي

لأقول وأنا أتنهد راحة وسعادة_الحمد لله، أعدك أبي أن أكون مثل ما تتمني وأكثر، أعدك أني لن استسلم وسأتحلي بالشجاعة والقوة لأصل إلي ما أريده، أستاذنكم سأذهب لأصلي الضحى فهي صلاة الأوابين، أريد أن أحمد الله علي عطاياه

***

بعد تناول الغداء وجدت صديقة لي من الحي المجاور لنا بيتها بعيدا نسبيا عنا تتصل للاطمئنان

_نايا، ما الأخبار؟ أنا سعيدة حقا فلقد قبلت في طب يا نايا، أخيرا سأحقق حلمى لأكون طبيبة نفسية

_مبارك حبيبتي، مبارك لنا جميعا أنا أيضا قبلت في إدارة الأعمال

لتقول صديقتى بمرح_رائع، ستكونين أجمل وأرق سيدة أعمال في السوق

أقول لمداعبتها ونحن نحلم بما سنكون عليه يوما_حسنا عندما أصاب بالضجر والاكتئاب من موظفي الذين لا ينفذون ما آمرهم به سوف آتى اليك في عيادتك لتساعدينني

لتضحك سماء وهي تقول_يبدوا أنك ستكونين زائرة يومية لي فعلي ما يبدو، أنك لن تكوني رحيمة أبدا وبالتالي ستسأمين دائما من تقاعس الموظفين لديك

_وإن يكن فهي سوف تكون فرصة جيدة لنتقابل، وسط زحام أعمالنا التي سوف لن تنتهي

_أجل معك حق، فلنتعاهد علي ألا نترك بعضنا بعضا نايا

_أعدك صديقتى، أن نكون سويا إليإلي أأن نشيب معا

_حسنا فلنحتفل بهذه المناسبة م السعيدة ولنذهب لنتسوق لنشتري بعض الملابس للجامعة ما رأيك، أرجوكِ نايا أريد أن نتسكع معا

_سوف أستاذن من أبى أولا وأخبرك برايه

_حسنا أنا بالانتظار

تحدثت إلي أبي الذي وافق عندما رأي الفرحة في عينيّ فأنا ابنتهم الوحيدة والمدلله أيضا لكني يوما لم أكن سيئة كنت دائما عند حسن ظنهم بى

ذهبنا أنا وسماء إلي التسوق وحظينا بوقت ممتعٍ معاً واشترينا ما نريده إلي أ-ن سرقنا الوقت وحل المساء

_سماء علينا العودة، لا أريد أنا أتآخر- علي والديَّ فيقلقان

_حسناً هيا، ولنكمل شراء ما ينقصنا في يوم آخر

سلكنا الطريق سيرا علي الأقدام فنحن نحب السير معا كثيرا ولا نمل منه إلي أن وصلت سماء إلي منعطف سوف تذهب منه إلي حيها لأكمل أنا طريقي وحدي إلي حينا وصولا إلي منزلي _هل أوصلك، نايا، أعلم أنك تخافين من الظلام

_لا شكرا حبيبتي، فنحن لم نتأخر كثيرا، استطيع الذهاب وحدي فالناس يسيرون في الطريق بجانبي ولا داعي للخوف فالبيت قريب من هنا

_حسنا، اتصلي بي عندما تصلين

_حسنا صديقتي، إلي اللقاء

_إلي اللقاء نايا، تصبحين علي خير

لا أخفي عليكم أنه عندما رحلت سماء أصبت ببعض الخوف فأنا حقا أكره السير مفردي وخاصة ليلا، لكني كنت أريد أن أتشجع أريد أن اهزم خوفي، أريد ألا يكون لدى نقطة ضعف، والدى دائما يكون في استقبالي في أول الحي لكنه اليوم سيتأخر في العمل، لذا علي كل حال سأسير بمفردي ماذا سوف قد يحدث

سِرت في الطريق و أنا أنظر إلي الأرض فهذه عادتي لا أحب أن أنظر في وجوه الناس وأنا أسير، مشيت إلي أن أعاق طريقي كلب مرابط في منتصف الشارع يمنع مروري إلي المنعطف الذي سيوصلني إلي بيتي، اضطررت أن أسلك شارعا آخر لأتفادى ذلك الكلب فأنا لا أحب الكلاب وأرتعب منهم وياليتني لم أفعل فلم أعرف ما كان مخبأ لي في الشارع الآخر ويبدوا أن حيلة الكلب كانت مدبرة لأسلك شارعا آخر ويكمل هو خطته الدنيئة بالإيقاع بي

وجدت الشارع خال تماما من المارة وقفت لوهلة بخوف ومن ثم قررت أن أعود أدراجي للشارع الذي به الكلب علي الاقل به بعض المارة ف أطلب منهم أن يسأعدونني علي عبور الطريق وإبعاد الكلب، وبينما أنا أفكر في العودة فإذا باب حديدي يفتح ويخرج منه شاب يكمم فمي في أقل من ثواني ويدخلني عبر ذلك الباب، حاولت مقاومته وإبعاده عني لكنه كان قويا جدا وأحكم قبضته عليّ ظللت أنتفض في رعب لكي يفلتني حاولت التشبث بالباب حتى لا يدخلني بالداخل فأنا لا أعلم ما الذي ينتظرني بالداخل لكنه حملني عنوة إلي الداخل وضغط علي زر فأغلق الباب علي الفور، دب الرعب والفزع في أوصالي وحاولت قدر المستطاع الإفلات منه لكني لم أستطع لا أدري لم شعرت بالضعف والدوار لكني ما زلت مدركة لما يحدث لاكتشف أنه عندما وضع يده علي فمي لكي يعيقني عن الصراخ وطلب النجدة وألاستغاثة من أحد أن بيده قطعه قماش بها شيء من المخدر الذي أصابتني بالضعف وقلل قوة المقاومة لدي

بمجرد أن أغلق الباب تركني وأبعد يده عن فمي لأجري أنا بزعر ناحية الباب محاولة فتحه ليبتسم هو بخبث وهو يقول بعدم إتزان فيبدوا أنه ثمل أو تحت تأثير مخدر ما _وقعتِ في المصيدة التي كنت أخططها لك منذ فترة ياحلوتي، أنا أراقبك من فترة كبيرة كي أوقع بك، واليوم كانت الفرصة سانحة لي لتنفيذ مخططي

لأقول بصراخ والدموع تنهمر من أعيني كالشلال وأنتفض _أرجوك دعني وشأني أتركني اذهب أنا لم أفعل لك شيئا

ليقول بدناءه_لن تذهبي لأي مكان حتى آخذ ما أريده منك، لأجفل مكاني في صدمة وتجحظ عينيّ من هول ما أسمع ياالهي فعلي ما يبدو أن هذه هي نهايتي

فأحاول فتح الباب المحكم الغلق وأنا منهارة تماما أحاول أن آخرج طاقتي بالكامل لأهرب من ذلك الحيوان البشري، لكن لم تكن لدي طاقة لم أعد أقوى علي الوقوف علي قدمى بسبب ذلك المخدر اللعين الذي جعلني استنشقه عنوة خارت قواي شيئا فشيئا لم تعد قدماي تحملانني حاولت الصراخ كنت أصرخ حقا لكن صوتي كان لا يخرج عن المخزن الشنيع الذي حبسني بداخله، ابتسم في خبث لأري أسنأنه الصفراء واضحة من أثر شربه للمخدرات والتدخين وهو يقترب مني شيئا فشيئا وأنا أحاول أن أبتعد عنه في فزع حقيقي زحفت حتى اصطدم جسدي بالجدار وهو ما زال يقترب أنكمشت علي نفسي وأنا أصرخ به و أرجوه أن يبتعد ف أنا لست بفتاة سيئة لست من الفتيات التي تبيع نفسها، رجوته كثيرا وقلبي يكاد يتمزق من فرط ما أنا به، لم يقترب مني ألا عندما قلت مقاومتي نهائيا وعلم أن المخدر قد خدرني كليا فلن استطيع مقاومته

إقترب مني وبدأ بمتزيق ملابسى كالوحش الكاسر وأنا أتقطع من داخلي أحاول تحريك يدي لأبعده لكن يدي لا تستجيب لي، رجوته أن يتركني أن يرحمني فما سيفعله سيدمرني سيميتني ألاف المرات، تمنيت في هذه الحظة أن أموت بين يده فلا أشعر بما يحدث لي انهمرت ادمعي كالفيضان فليس بيدي سواهما، ظللت أصرخ به أن يتركني، ألا يفعل ما هو مقدم عليه صرخ قلبي وكاد يخرج من مكانه ولم أتحمل المزيد

بالموقف جلل انهارت حصوني كلها وأبى عقلي أن يصدق ما سيحدث لي فأغمضت عيني وغبت تماما عن الوعي وسكنت تماما ولكن طبعت صورته القذرة في ذاكرتي عرفت شكله وحفظته قبل أن أغمضهما ولا أراه وهو يذبحني ويسلبني أغلي ما أملك

لعنت قلبي وعقلي الضعيف الذي يريد أن يغيب الآن عن الوعي ولا يقاومه لآخر رمق لكي أحافظ علي شرفي لكنه محكم لخطته جيدا فأني لي المقاومة وأنا مخدرة كليا لأغيب عن الوعي أفضل من أري ذلك القذر وهو يدنسنى بحقارته

لأفيق بعد مدة لا أعلم قدرها وأشعر بآلام متفرقة في كل جسدي وشعور بالدوار والصداع الشديد لوهلة لم أدرك أين أنا وماذا أفعل ومن ثم بدأت أتذكر شيئا فشيئا فقمت فرغة من مرقدي أنظر لنفسي وقد تمزقت ملابسي لينكشف جسدي ولم تعد ملابسى تغطي منه شيئا والدماء تحيط بي وتلطخ قدمي وملابسي فبدأت أصرخ بهيستيرية من هول الموقف وأنا أضمم قدمي إلي جسدي أحاول أن أستر ما كشف من جسدي ولكن يبدو أنه لا أحد يستمع إليّ فالمكان الذي أنا به بابه مزود بزجاج كاتم للصوت فلا أحد بالخارج يسمع من بالداخل

ظللت أصرخ كثيرا وأبكي بقهر علي ماحدث لي حتى كدت أفقد عقلي نعم فقدته فما حدث لا يصدق هل فقدت للتو شرفي علي يد كلب دنئ هل دمرني ذلك الحيوان البشري فلم يتركني إلا حطام أنثى؟ لم يتركني سوى فتاة قُتلت وهي علي قيد الحياة وهي في مُقتبل العمر كانت تحلم بأن تحقق أحلامها العالية ليسقطها هو في آسفل الأراضين ويكسرها بهذا الشكل ليبلي فقط رغباته وشهواته الدنيئة، لمَ لم يبحث عن أحد يشبهه لمَ اختارني أنا المحتشمة المحافظة علي نفسها وشرفها لأقصى حد ليدمرني بهذا الشكل قمت سريعا لأبحث علي شيء أغطى به جسدي المكشوف فيبدو أني استعدت القدرة علي تحريك يدي وقدمي وأن مفعول المخدر قد ولي بحثت عن أي شيء في الغرفة اللعينة تلك فلم أجد سوى حجابي الملقى بإهمال فارتديته علي عجل علي رأسي ومن ثم لقيتني أصرخ بهسيترية مرة أخرى فأنا لا أجد ما أستر نفسي به لأرحل من

هنا، صرخت وأنا أناجي ربي أن يسترني فلا أريد أحد أن يراني بهذا المنظر يكفي ما حدث لي

لتلمع عيني عندما تقع علي الحقيبة التي كنت قد ابتعتها وأنا أتسوق والتي بها الملابس الجديدة التي ابتعتها لكي ارتديها في الجامعة، ملقاه بجوار الباب الزجاجي فجريت نحوها كدت أن أمسكها ولكن يدي كانت ملطخة بالدماء فمسحتها بيد مرتعشة في ملابسي الممزقة ودموعي لا تتوقف ومن ثم ارتديت الملابس الجديدة وسترت بدني وأحكمت حجابي علي رأسي وبدأت أجمع ثيابي الممزقة و أضعها في الحقيبة بدلا من الجديدة ثم فتحت الباب الزجاجي لتظهر أمامي البوابة الحديدية ولكني لم استطع فتحها فلقد كانت محكمة الغلق لأبحث عن أي شيء يخرجني من هنا قبل أن يعود الحيوان البشري إلي هنا مرة أخرى فوجدت زرا بجوار الباب فضغط عليه لتفتح البوابة أوتوماتيكيا و أخرج منها سريعا نظرت حولي فلم أجد أحد بالجوار فجريت بأقصى سرعتي من ذلك المكان اللعين الذي شهد مقتلي وجدت صندوق للقمامة فرميت به الحقيبة التي بها ملابسي الممزقة فكيف سأعود بها إلي أمي بهذا المنظر، لا أريد أحد بأن يعلم ما حدث لي سأعاني وحدي ما حدث لي يكفي أني تدمرت لن أدمر أهلي معي وأصعقهم بخبر إغتصابي

وصلت إلي منزلي ولا أدري من أين واتتني القوة والصمود لأصل إلي المنزل فأنا أشعر أن قلبي قد تمزق نصفين فصرت أسير جسد بلا روح

فتحت لي أمي وهي قلقة_ نايا، لم كل هذا التأخير حبيبتي ولم هاتفك مغلق

لأقول وأنا أحاول أن أكون متماسكة حتى لا تلحظ أمي ما بي _يبدو أنه قد فرغت بطاريته أمي اعتذر

لتقول أمي بعد أن لاحظت تورم عيني من كثرة البكاء _نايا ما بك ما بالها عيناك أكنت تبكين، ماذا حدث؟

لأنفجر في البكاء وأنا أقول بصوت متقطع_كان هناك..كل..كلب في الطريق فارتعبت منه وبكيت إلي أن جاء أحد ما وساعدني علي المرور يا أمي

لتنطلي علي أمي كذبتي وتأخذني بين يديها بحنان_حبيبتي لا تخافي هكذا فالكلب لن يأذيك إذا أظهرتِ عدم الخوف ومررتِ وكأنك لا ترينه

لأقول و أنا أبك بحرقة وهي لا تدري سبب بكائي الحقيقي بهذا الشكل_كنت خائفة ياأمي، كنت خائفة حقا، دعيني بين ذراعيكي أرجوك لا تفلتيني

لتمسد أمي علي ظهري بحنان _اهدئي حبيبتي أنت بخير الآن، ظللت في حضن أمي الحنون بعض الوقت ولكني خفت أن تظن أن الأمر أكبر من موضوع كلب كان يعترض طريقي فأستاذنتها لأذهب واغتسل وأرتاح قليلا

لكن أمي قالت باستغراب_نايا لم ترتدين ملابسك الجديدة

شعرت بالتوتر لأجد نفسي أقول_لقد كنت متحمسة لأجرب الملابس فارتديتها فوق ملابسي القديمة سأذهب لأبدلها الآن لا تقلقي

_حسنا بنيتي اذهبي واستريحي إلي أن يعود والدك لنتناول العشاء

ذهبت سريعا من أمام أمي وأنا أحمد الله أن ألهمني القوة ولم أنهار مجددا أمامها ذهبت إلي المرحاض لأغتسل لأنفض عني آثار جريمة ذبحي حية

وقفت آسفل الماء لأغسل جسدي الذي بدت أكرهه بت أشعر بالتقزز من نفسي والشعور بالاشمئزاز منها ظللت مدة طويلة تحت الماء أبكي بصمت حتى لا تسمع أمي لم أدري علي الذي ينساب علي وجهي هو ماء الإستحمام أم أنها دموعي التي كانت تهطل بلا توقف

خرجت بعد أن ارتديت ملابسي فسقطت علي الأرض أبكي بقوة شعرت بحاجتي لكي أناجي ربي نعم أنا أحتاجه ليجبر كسر قلبي، أخذت أصلي وأطيل السجود وأنا أتضرع إلي الله أن يسترني، أن يستر ما تبقى

مني لأجل والدي الذين لن يتحملان حقيقية ماحدث لي، لم أخفي عنهم لأنهم لن يصدقونني بل بالعكس والديّ يثقون بي تمام الثقة ولكني أخفيت عنهم لأنهم سيموتان قهرا علي ما حدث لابنتهم ويكفي ما أنا فيه لن أتحمل أري والدي ينهارا أمامي

ظللت أناجي ربي وقلبي ينتفض من القهر علي ما حدث لي علي تدميري علي موتي وأنا مازلت علي قيد الحياة

نمت في مكاني بعد أن خارت قواي من التعب

استيقظت علي حركة يد أمي توقظني وهي تقول _نايا حبيبتي، لماذا تنامين علي الأرض، عندما وضعت يدها علي وجدت حرارتي مرتفعة جدا _ياالهي حرارتك مرتفعة جدا.

، كنت أري تشويش صورة أمي وأحاول فتح عيني لكن شدة التعب والإرهاق بى لم يمكنانني من فتحهما جيدا فلم استطع إجابة أمي

وجدتني غير مدركة لما يحدث معي وفي حالة عدم إتزان، ذهبت لتنادي علي والدي فجاء سريعا وحملاني نحو الفراش

أعطتني أمي خافضا الحرارة وظلت جواري طوال الليل هي وأبي يتناوبون علي وضع الكمادات الباردة علي رأسي وجبهتي وهم يتمتمون بآيات القران ويسألون الله لي الشفاء وتمام الصحة

ظلوا علي هذا الوضع حتى الصباح ولم تنخفض حرارتي بعد

الأم بخوف_لا، نايا حرارتها لا تنخفض أبدا، لابد أن نأخذها للطبيب وبالفعل أخذاني إلي المشفي والتي ظللت بها حوالي ثلاثة أيام إلي أن انخفضت حرارتي

وبدأت استعيد وعيي وتركيزي وأشعر بمن حولي، لكن كان لا رغبة لي في أن أري أحد أو أن أتكلم أحد، كنت سعيدة وأنا غائبة عن الوعي فهذا أفضل لي لما أريد العيش بعد الآن..أخرجني صوت والدي من تفكيري وهو يقول بلهفة_نايا حمدا لله علي سلامتك غاليتي، لقد قلقنا عليكي كثيرا

الأم_نايا حبيبتي لا أرانا الله فيكى مكروها يابنتى.

حاولت أن أبتسم لهم ف أنا لا أريد أن أراهم بهذا القلق علي، لكني حقا لم استطع، حاولت كثيرا لكن تأبى البسمة أن تصاحب وجنتي وكأني وسمت بالخزى والعار ولا يحق لي حتى البسمة فأنا بت أدرك أني من الآن لم يعد يحق لي أن أكون فتاة طبيعية، لا أدري كيف سأكمل حياتي بعد ما حدث، بدأت أدرك أني لا يحق لي الحياة من الأساس بعدما حدث

خرجت من المشفي

لكن بروح غير تلك التي كنت بها، كنت فتاة مرحة طموحة إجتماعية جدا، تحولت للنقيض، أصبحت أميل إلي العزلة والإنفراد بنفسي طوال الوقت، لم أعد أشاكس والديّ مثلما كنت أفعل

ظللت قرابة شهر وأنا لا أتحدث مع أحد حتى والدي كنت أومئ لهما برأسي فقط دون كلام

كنت أري حيرتهم في أمري وإنقلاب أحوالي بهذا الشكل حاولوا معي بشتى الطرق في مساعدتي للخروج من هذه الحالة، كنت أري والدي يقرأ علي القرآن دائما و أمي تحاول معي بكل السبل، لدرجة أنها اقترحت علي والدي أن تأخذني لطبيبة نفسية ليريا ما بي فالدراسة علي الأبواب ولابد أن استعد للجامعة

ولكني رفضت وبشدة أن أخرج من المنزل، كانت صديقتى سماء تسأل عني باستمرار و أنا أرفض مقابلتها، كنت أخشى أن أراها ف أضعف فأحكى لها ما حدث معي، وأنا لا أريد لأحد أن يعلم أريد أن يموت سري معي فلا أشاركه أحد، كيف أحمل أحدا هموما لست أنا بقادرة علي تحملها، هموما إذا حملها أحد معي لأثقلته هو الآخر، إذا لا داعي لإخبار أحد طالما النتائج هو زيادة الهموم لديهم ولا يوجد حل فما حدث قد حد ولا أحد يمكنه فعل شيء أو تغيير الحقيقة الواقعة، أني ذبحت علي يد ذئب، حيوان بشري يجري وراء غرائزه بشهوانية فأفقدني أعز ما أملك، كنت كل ليلة أناجي ربي و أطيل السجود، أدعوه

هو وحده، وحده سبحانه من كنت اشكوه حالي كنت أردد "حسبنا الله ونعم الوكيل" دائما كان هذا الدعاء لسان حالي ولا أنطق سواه

***

أصرت أمي علي اصطحابي للطبيبة النفسية فحالتي لا ينبغى السكوت عليها، كادت لتجن لما يحدث لي لماذا فجاءة تغيرت أحوالي إلي هذا الحد، كنت أسمعها وهي تقول_يبدو أنك أصبتِ بالحسد يا ابنتي فلم تكون يوما هكذا ولا حول ولا قوة إلا بالله

حمدت الله في نفسي أنها تظن ما يحدث لي حسدا ولم يتطرق إلى بالها أمرا آخر فهاذا أمر بسيط عما حدث لي بالفعل

وبالفعل تم أخذى إلي الطبيبة بعد إلحاح شديد من أمي عليّ فوافقت ِلألا أحزنها

أخبرتهم الطبيبة أني أصبت بحالة نفسية و أحتاج لوقت طويل للعلاج والمتابعة وخاصة أني رفضت أن أتحدث بأي شيء فقط كنت أجلس كالدمية، يحركونني كيفما يشاءون ولا أتفاعل معهم أبدا

رفضت الذهاب إلي الجامعة وتركت حلمي ومستقبلي وراء ظهري ولم أعد أبالي بهم، فقدت رغبتي وشهيتي للحياة، ظللت علي هذا الوضع أكثر من سنتين و أنا أري والدي يموتان قهرا علي ما يحدث لابنتهم فهم يرون ابنتهم تذبل أمام أعينهم ولا يستطيعون فعل شيئا، حاولت حقا أن أتحسن لأجلهما لكني لم استطع فما حدث لم يكن هينا أبدا عليّ ولا استطيع أن أتخطاه بسهولة وخاصة أني لم أبحْ به لأحد ولم أطلب مساعدة أحد للخروج مما أنا به،

ولكن ماحدث غير حياتي وقلب الموازين مرة أخرى لأُفْجع بخبر موت والدي في حادث مروري، كانا قد ذهبا بالسيارة لزيارة لعمي لعلمهم أنه مريض، فذهبا وتركاني علي مضض مع جارتي لتهتم بي حالما يعودان، حقيقة لم أكن أريد إهتمام أحد فأنا في غرفتي لا أخرج منها أبدا ولو ظللت أسبوعاً دون طعام فلن اشتكي، كانا قد خططا للعودة في نفس اليوم لألا يتركاني وحدي

لكن تشاء ال أقدار أن يذهبا ولا يعودان مرة أخرى ليتركاني وحدي أعاني ما أعانيه إلي جانب معاناتي برحيلهم، بمجرد أن سمعت الخبر غِبت عن الوعي ولم استيقظ إلا بعد أسبوعين من إغمائتي بسبب فاجعة فقدهم، فتحت عيني لا أتذكر ما حدث أنظر حولي لا أدري أين أنا، لأجد أمامي جارتي التي كانت معي وقتما سافرا والدي تنظر إلي بحزن وشفقة وتترأف بحالي، تقول بحنانها المعهود دائما معي، فهي كانت تحبني وتعتبرني مثل ابنتها_حمدا لله علي سلامتك بنيتي

نظرت لها بعدم فهم و أنا أهز رأسي _ماذا يحدث ياخالة، لما أنا هنا

لتقول الخالة باستغراب _ألا تتذكرين شيئا ياابنتي؟

هزتت رأسي بالنفي _لا، أين أنا وأين والدي؟

لأري الخالة يتغير لون وجهها وتقول بصوت حزين _لا حول ولا قوة إلا بالله

_ماذا هناك يا خالة أهناك شيئا تخفينه عني؟

كنت قد فقدت ذاكرتي مؤقتا ل أن عقلي كان رافضا فكرة رحيل والدي تماما إلي جانب ما حل بي، لذا كان من الأفضل له ألا يتذكر شيئا

لتقول خالتي بارتباك_لا.. لا شيء، استريحي الآن، سأذهب لأنادى الطبيب لنطمئن علي حالتك

ذهبت الخالة و أخبرت الطبيب أني لا أتذكر شيئا عن موت والدي

فرأيته يدخل ومن خلفه جارتي الطيبة وهو يبتسم لي _كيف حالك الآن؟

لأقول_الحمد لله، ماذا هناك أيها الطبيب ماذا أفعل هنا

الطبيب_لا شيء، سنطمئن علي حالتك وسأسمح لك بالخروج في أقرب وقت فلقد كنتِ مريضة قليلا فحسب

_حسنا

_قولي لي هل تعرفين من أنت وما اسمك ومن هذه السيدة التي معنا الآن؟

لأجيبه_نعم، أنا نايا مصطفي وهذه جارتي العزيزة أم خالد

ليقول _جيد، حسنا هل تذكرين أين والداكِ

قلت_أجل أعتقد أنها مسافران عند عمي في بلدة مجاورة ولا أعتقد أنهم قد عادا بعد

لينظر الطبيب إلي الخالة وقد تأكد من شكوكه ليقول_حسنا نايا، فلتستريحي الآن وبعد قليل سوف تأتي لك الممرضه لأخذك لإجراء بعض الفحوصات

هززت رأسى ب إيجاب و أغمضت عيني قليلا فأنا أشعر أني لست علي ما يرأم وأن هناك شيء مفقود، أشعر أنه هنالك شيئا مهما لا أتذكره شيئا جعل حياتي تأخذ منحنى آخر عما كنت به لكن لا أتذكر

بعد قليل جاءت الممرضة وذهبت معها أنا والخالة وتم عمل الفحوصات لي وتبين أني أعاني من فقدان مؤقت للذاكرة سيزول عندما أتعرض لمثير قوى يكون كافي لتحفيز ذاكرتي علي التذكر

مكثت بالمشفي يومين آخرين والخالة أم خالد لم تفارقني، وكنت أسأل عن والدي فكانت تجيبني أنهما لم يعودا بعد

أخبرتها الطبيب الخالة أنه لا داعي من مكوثي هنا ويمكنني إكمال علاجي بالمنزل

ذهبت مع الخالة المنزل وأنا استغرب لما لم يصلني أي مهاتفة حتى من والدي

الخالة_حمدا لله علي سلامتك نايا، نورتى بيتك من جديد

_شكرا لك خالة

الخالة_سأذهب لتحضير طعام الغداء لنا فلتذهبي لغرفتك وتستريحي

ذهبت إلي غرفتي قمت بتبديل ملابسي ولكن بمجرد أن جلست علي الفراش حتى بدأت أتذكر كل شيء ، نعم تذكرت حادثة قتلي علي يد ذلك الحقير، تذكرت خبر موت والدي، لأصرخ صرخة أظن أن سمعها كل من بحينا لتأتي إلي الخالة علي عجل ويمتليء المنزل بالجارات اللاتي جئن لترين لمَ أنا أصرخ

وقفت في مُنتصف الغرفةِ وأنا أنظر للخالة بأنهيارٍ تام _لقد تذكرت والدي نعم مسافران لكنهم مسافران بلا عودةٍ ياخالة، لن استطيعَ أن أراهم ثانية، من سيحنو علي من بعدهما ياخالة قولي لي من، لمَ تركاني هنا وحدي كان عليهما أن يأخذاني معهم، كانت الخالة متسمرة في مكانها وكذلك النساء فلقد كن مشفقات علي حالتي

اقتربت من الخالة وأمسكت ذراعها وهززتها بعنف وأنا أقول والدموع كالأمطار الغزيرة تهطل بلا توقف_قولي لي لمَ تركاني وحدي، أريد أن اذهب معهم، لا أريد أن أعيش دونهم، فالحياة دونهم عدم، ثم صرخت بها _قولي لي لم تركاني هنا وحدي، لماااذا

لتنساب الدموع من أعين الخالة ، آسفا علي حالتي، وتضرب النساء بأكفهن فوق بعضهاً وهن تمتمن بلاحول ولا قوة ألا بالله

جلستُ علي الأرض في يأسٍ شديد فلقد رحل أحب و أقرب شخصان إلي قلبي، رحلا وتركاني جسداً بلا روح فروحي قد سُحبت مني مرتين، مرة عندما غَدر بي ذلك الوغد وترك بي جرحاً لن يلتأم بمرور السنوات ومرة عندما ماتا ورحلا عن الدنيا ولم يبق منهم سوى ذكريات جميلة سأظل أعيش علي ذاكراها أن افترضنا أن ما تبقى لي من أيام علي الدنيا يُعد حياة.

عشت أيامي بعدها بدون إحساس بأي شيء يُذكر، كانت الخالة توقظني لأكل ومن ثَم أنام مرة أخرى تركتُ زينة الحياة كلها ولكن الشيء الوحيد الذي لم أتركه وكان من فضل الله علي هو الصلاة فقد كنت أصلي ما تيسر لي من صلاة أطيل السجود أخرج ما بجعبتى من هم فيها، كانت الصلاه متنفسي الوحيد والذي بدونه لكنت قد أصبت بالجنون

كانت أيامي كلها متشابة لا أري أحد ولا آخرج حتى من غرفتي فلدي مرحاض صغير بها وهذا ما كنت أحتاجه، ذبلتُ وتبدل لون جلدي للصفار، أصبت بالاكتئاب وفي بعض الأحيان كنت أفقد السيطرة علي نفسي لأقوم بتكسير كل شيء أمامي، ومرة فكرت في الانتحار لأنهي حياتي البائسة تلك ولكن كان هناك شيء يمنعني من فِعل ذلك، نعم هي صلاتي التي كنت أحافظ عليها، كانت لي حصناً منيعاً من أن أُجرم في حق نفسي وأنهي حياتي التي ليست ملكي لأنهيها وقتما أشاء، صلاتي كانت لي النجاة فربي لن يضيعني، فرغم ما أنا به كان هناك شعاع ضوء من أمل، استغرب وجوده داخلي لكني كنت أتجاهله ليكون الحزن هو المسيطر علي في كل أوقاتي، مرت سنةً و أنا علي ذلك الحال لا أدري كيف مرت الأيام والشهور ولكنها مرت، كنت ارتدي ثياب أمي واتدثر بها جيدا وعندما أشعر بالبرد أتلحف بعباءه أبي الصوفية التي كانت يرتديها في ليالي الشتاء البارده، ضحكتُ لأول مرة منذ ثلاثة أعوام و أنا أري نفسي في المرآه برداء أبي وأمي، تذكرت عندما كنت صغيرة، كنت أحب أن ارتدى ملابس أمي و أدور بها في المنزل لاتلعبك بها وأقع علي وجهي ويقوم أبي الي بلهفة يجعلني أقف من جديد، لتقول أمي بابتسامتها الصافية_حبيبتي عندما تكبرين سيكونون جميعا لك بل وسأشترى لك إن شاء الله أفضل منهم بكثير

لأقول أنا بدلال_لا، أريد أن ارتديهم الآن و أيضا عندما اكبر سارتديهم

لتدمع عيني مرة أخرى وأنا أقول لنفسي _ها أنا ارتدى ثيابك يا أمي ولكن بدونك، لم لم ترحل الثياب وتبقى أنتي يا قرة عيني، يالا الأسف رحلتما ولم اشبع من حنانكما بعد، رحلتما بعد ما عانيتما عامين كاملين تشعران بالقلق والحزن علي ولا تدريان ما بي، قضيت سنتين بعيدة عنكم ولو كنت أعلم أنكما سترحلان سريعا ما كنت لأبتعد عنكما لكنت اقتربت منكما أكثر وحاولت أن اتدارك حزني وأحاول التعايش معه، لكنت استغللت تلك الأيام في الاحتماء بكما و الارتواء من حبكما وحنانكما، كنت غبية ضيعت سنتين في الحزن بعيدا عنكم وأنتما قريبان

مني، ياليت الأيام تعود مرة أخرى ما كنت لأكون حزينة، كنت سأحاول إسعادكما بكل الطرق ففاجعتي لا تساوي شيئا أمام فاجعة فقدكما

أويت إلى الفراش الذي بات صديقي ولا أقوم منه ألا عندما أشعر بتدغدغ في عظامي فأقول لبعض الوقت ومن ثم أعاود المكوث فيه مرة أخرى

رُحت في ثبات عميق أحلم بوالدي وأعوض فقدهما في أحلامي لأجد أمي ذات مرة تقول لي أثناء حلمي_إلي متى ستظلين هكذا بنيتي، فلتعيشي ما تبقى من حياتك وأنتي بأفضل حال، هل تظنين أننا سعيدان برؤية وردتنا الجميلة تذبل هكذا وتسقط أوراقها شيئا فشيئا، قومي يابنتي وتداركي أحزانك، عيشي حياتك وأجعلي ما تبقى منها سعيدا، عالجي نفسك بنفسك وحاولي جبر كسر ما تحطم منك، كوني قوية بنفسك ولا تسمحي لأحد بكسرك مرة أخرى، فالحياة لا تتوقف علي فقدنا فنحن معك هنا بقلبك ولن نترك إلا عندما تريدين أنت ذلك، قومي ياابنتي وحاولي إصلاح ما فسد بنفسك أعلم أنك تستطيعين أنا علي يقين بذلك لم أشك بقدراتك يوماً

لأري صورتهما ترحل بعيدا وتختفي شيئا فشيئا وهما يقولان _اجعلينا سعيدين بعودتك للحياة ياانايا، انفضي عنك غبار الحزن والاكتئاب وانتقمي لنفسك بتحقيق أحلامك من جديد، افيقي نايا

لأقول من نومي فزعة وأنا أنادي عليهما _أبي.. أمي لا ترحلا، أرجوكما. ومن ثم أنظر حولي لأجدني في فراشي، شعرت بحاجتي للماء فمددت يدي لأشرب من ذلك الكأس الموضوع علي الطاولة بجواري، قمت لأصلي فأنا بحاجة إلي مناجاة ربي، لأشعر بعدها بانشراح صدر عجيب وهدوء رهيب في داخلي، عزمت بعدها علي إكمال علاجي عند الطبيبة النفسية والذي توقف منذ وفاة والدى أي منذ سنة تقريبا

، ذهبت إليها وقصصت عليها كل ما مررت به فأنا بحاجة إلي أن أشارك أحداً فعلا ما أشعر به، شعرتُ بأن الثقل الذي كان يُجثم علي صدري، قد أنزاح قليلا، لا أخفي عليكم شعرت بالراحة عندما فضفضت بكل شيء في خاطري

كانت الطبيبة سعيدة بتكلمى أخيرا وساعدتني في استرداد حياتي و أن أتخطي ما حدث لي إلي بر يسمح لي بإكمال حياتي مرة أخرى، كنت أفعل ذلك فقط لكي أجعل والدي سعيدين، كنت أنفذ ما تقوله الطبيبة جيدا شهرا بشهر بدأت أحس بعودتي للحياة من جديد، كنت قد قررت أن أبيع بيت والدى و أترك شقتي فقط، لعمي الذي منذ أن رحلا والدىّ وهو يلحن علي سيمفونية بيع الأرض والمنزل له ولكني لم أكن بحالة جيدة ل أنظر فيما يقوله، ان أما الآن فأنا بحاجة إلي المال للدراسة، فقد قررت أن أشغل حياتي بالدارسة والكد فيها وأبعد فكرة الزواج والإرتباط عن رأسي تماما سأسخر حياتي للعلم فقط، فبمجرد أن هاتفت عمي وأعلنت له عن موافقتي عن بيع الأرض والمنزل فما حاجتي إليهم وأنا في حاجة ماسة إلي أن أصرف علي نفسي

حتى رأيته يزورني في اليوم التالي مباشرةً ومعه عقود بيع الأرض والمنزل ابتسمت بسخرية فهو لم يزورني قط منذ وفاة والدىّ ويتصل بي مرة كل أشهر متعللاً بعمله وأنه منشغلاً ولا يجد الوقت المتاح لزيارتي، لكن علي ما يبدو أن الوقت قد أتيح فقط لأبيعه الأرض والمنزل، لم أبالي بالسعر ولم أهتم المهم أن أحصل علي مبلغ يكفيني لسنوات دراستي وبضعة سنوات أخرى حتى أجد عملا أكفل به نفسي بنفسي

قررت في اليوم التالي

أن أذهب إلي الجامعة وأري ما الأخبار وأسأل عن كيفية التقديم للجامعة لأحقق حلمي بألالتحاق بقسم إدارة الأعمال

ولكن عندما خرجتُ ولأول مرة منذ ثلاثة أعوام أذهب فيها لمكان آخر غير عيادة طبيبتي النفسية،

كنت في طريقي لأركب الحافلة لأجده أمامي نعم هو لم أنسى صورته يوماً ولم تغبْ عن مخيلتي

كنت ألعنه كل يوم في صباحي ومسائي وفي صلاتي، ها هو يقف أمامي و أراه يحاول النزول من الحافلة التي كنت أود الركوب بها،

أجفلت مكاني و أرتعدَ بدني وشَعُرتُ بقلبي ينتفض فذكريات اليوم المشؤم تحلق في ذاكرتي مرة أخرى، ظللت أتابعه بعيني بخوف ورعب شديدين ولكن شَعُرت بقدمي تقومان بتتبعه بل والسيرِ خلفهِ أيضا،

بدأتُ أمشي خلفه حقا لأري أين يتجه و أين يسكن لأراه يدخل الحي المجاور لحينا ويصعد إلي شقة ما،

حفظت مكانها عن ظهرِ قلب لأجد سيدةً كبيرة ًفي السن وعلي ما يبدو أنها والدتُه تستقبله بالترحاب،

سألت صاحب دكان البقالة بجوار الشقةِ عن مالك ذلك البيت، ليخبرني أن أصحابه أناس طيبون، حيث يعيش فيه شابًا اسمه نديم مع أمه المريضة وحدهما، لتلمع في رأسي فكرة..أجل فكرة، غيرت سير خطتي من جديد، لأترك فكرة إكمال دراستي لوقت لاحق.

فلقد قررت أن أتقرب من هذا البيت وأحاول جعلهم يحبونني، ويطلبني للزواج منه، وبعدها أنفصل عنه بعد ما أكون عُرفت بين الناس أني كنت متزوجة، عندها لن أكون خائفة من سؤال الناس لي لمَ لا تتزوجين، لن أكون بحاجة إلى رفض تلميحاتِ عمي بالزواج من ابنهِ الحيلة ليضمن أيضا إرث أمي الذي لم أحاول المساسُ به، أو ربما يمكنني الزواج مرة أخرى، ولكن مرفوعةَ الرأسِ وليس خائفة من شيء

فالجميع سيعرف أني كنت متزوجة من قبل، ولو أني أشك في هذا الأمر فأنا بعدما حدث، كَرِهتُ الزواج وكرهت الرجال ولم أعد أثق بهم، إذا علي تنفيذ خطتي وربما أيضا أفكر في الانتقام منه وقتله بسكين حاد مثلما قتلني بسكين باردة ولكن بعد الزواج منه لاستطيع العيش بعدها مرفوعة الرأس، حيث سأكون استطعت أن أنتقم لنفسي ولشرفي أيضا ولكن المعضلة هنا، كيف سأتقرب من ذلك البغيض وأنا لا أطيق أن أراه، أجفل عندما أتذكر صورته في مخيلتي ولكني عزمت علي أن أتخطي الصعاب وأقهر مخاوفي، لأتمكن من تحقيق مخططي الذي سيريحني فيما بعد، بعدها يمكنني العيش حرة طليقة ولا شيء يُجثم علي صدري فيثقله، سأُلبي رغبة والدىّ وأحاول أن أعيش ما تبقى لي من عمري واستمتع به قبل فوات الأوان

***

استغرقتُ أسبوعين أُراقب منزله وأراقب تحركاتهم وعَلِمتُ موعد ذهابه و موعد عودته إلي المنزل، علمت أن والدته يذهب بها إلي الطبيب يومًا في الأسبوع وعلمت مكان العيادة أيضا أخذت أفكر في حيلة، ففكرت في التقرب من والدته وعندها سيكون كل شيء سهلاً، خططت وفكرت وأحكمت خطتي وبدأت بالفعل في تنفيذها

كانت يومها في العيادة تنتظر عودة ابنها لإصطحابها إلي المنزل ولكنه تآخر في المجيء إليها وأظنني أعرف السبب فأنا من قمت بثقب إطارات عجلات سيارته ليضطر إلي أخذها للصيانة ويتأخر عن والدته

لأذهب أنا إليها

نايا_السلام عليكم ياخالة، كيف حالك؟

أجابتني بطيبة ووجه بشوش_وعليكم السلام الحمد لله، سلمت من كل سوء

نايا_أعتقد أنك تنتظرين ابنك أليس كذلك

_أجل صحيح، ولكنه تأخر كثيرا وأنا مللت الجلوس هنا

_إذا ما رأيكِ أن اصطحبُكِ إلي منزلك يا خالة؟ فبيتي اعتقد أنه ليس بالبعيد عن بيتكم

_أتعرفين مكان بيتي؟

_أجل يا خالة، أعرفه فأنا أراكم كل أسبوع، يأتي ولدك لإصطحابك إلي المنزل، أراكم وأنا في طريق عودتي إلي بيتي

_ أين تسكنين ياابنتي؟

_أسكنُ في الحى المجاور لحيكم يا خالة، ما رأيك بأن أوصلك في طريقي؟

قالت بتردد_ولكن نديم ابني قد يأتى لاصطحابي في أي لحظة.

قلت في نفسي _الوغد اسمه نديم إذا، سحقاً له فلديه اسم جميل بعكس شخصه الحقير

أجبتها_هيا خالتي اعتمدي علي فلنتمشي قليلاً وأنت تستندين علي، سألتُ الطبيبة وقالت بعض المشي لن يضر، ما رأيك؟

_حسنا، لا بأس فأنا حقا لم أتمشى منذ مدة طويلة، ولكني أولا سوف أقول للمرضة أن تخبر نديم إذا ما جاء ليسأل عني أني سبقته للمنزل

_حسنا خالتي

أسندتها ونزلنا الدرج وصولا إلي الشارع، شبكت يدي بيدها وأنا أسيرُ معها، لست أدري لما تخيلتها والدتي، فلقد أوحشتني كثيرا، اشتقت لوالدىً كثيرا ولا أعلم لما هذه الخالة تذكرني به ما، ربما لبسمتها الودودة وعفويتها تلك.

_ما هو اسمك ابنتي

_اسمي نايا يا خالة

_لديك اسم جميل ووجه جميل أيضا، بارك الله فيكِ عزيزتي

_شكرا لك يا خالة عيونك هي الجميلة لا أكثر، فأنا فتاة عادية بل أقل من العادية أيضا

_لا تقولي هذا ياابنتي، أني أراك جميلة جدا

_الجمال ينبُع من الداخل خالتي، فلا أهميهِ لجمالِ المظهرِ إذا ما كان الداخل سواد قاتم، نحن نحيا بالستر فقط خالتي

_سترك الله في الدنيا والآخرة

لست أدري لما اخترقت دعوتها قلبي، فلقد أصابت بالفعل في دعوتها فأنا في أشد الحاجة إلي الستر، ولهذا أنا معها الآن أنفذُ خطتي لأستر نفسي فلا أحد يستطيع أن ينهش بها

وصلنا إلي منزلها أوصلتها إلي باب البيت وقالت بشكري وهي تقول_تعبتك معي ياابنتي جزاكِ الله كل خير

_لا تقولي هذا يا خالة أنتي بمثابه والدتي رحمها الله، وأمدكِ بالصحة والعافية

_رحمها الله، جعل الله الجنه دارها والفردوس نزلها

_سلمت ياخالة، ي أمان الله أتمنى أن أراك مرة أخرى

_أنت تعرفين بيتي، لما لا تأتين لزيارتي بين الحين والآخر

_سأفعل بأذن الله

أنتظرت يومين ومن ثَ◌م قمت بأعداد بعض الفطائر وذهبت بها إلي بيت أم نديم في الوقت الذي كان هو خارجَ المنزل

طرقت الباب لتفتحه لي بوجهها البشوش الذي يُذكرني بأمي _نايا ما هذه المفاجئة الجميلة

لابتسم وأنا أقول_كيف حالك ياخالتي، أما زلتِ تذكرينني؟

_أجل بالتأكيد، كيف أنسى صاحبة القلب الطيب هذا

_سلمتِ ياخالة، ثم ناولتها الفطائر الملفوفة في بعض الأوراق النظيفة والموضوعة في طبق من الفيلين _تفضلي ياخالة تذوقي فطائري، كنتُ قد أعددتها ووددت أن أذوقكِ بعض منها

_بالتأكيد ستكون جميلة، شكرا لك، لما تعبتِ نفسك يا ابنتي

_لقد أحببتك أيتها الخالة الطيبة لست أدري بمجرد أن رأيتك، دخلتِ قلبي علي الفور فأنت تذكرينني بأمي

ليظهر علي أم نديم تقاسيم الحزن وهي تقول _رحمها الله، هيا نايا ادخلي لن نتحدث هكذا علي الباب

لن أخفي عنكم أن هذه كانت خطتي في الدخول ووضع قدمي وثبوتها مع الوقت هنا تمهيدا لأن أكون فردا من أفراد الاسرة ولكني أحسست بالإضطراب والتوتر بمجرد عرضها علي الدخول

لاحظت ذلك فظنت توتري، حرجا من ابنها نديم فقالت_لا تقلقي نديم ليس هنا ولن يأتي الآن، هيا تفضلي البيت بيتك

دخلت البيت و أنا أخفض رأسي حرجاً فلأول مرة أدخل بيت أحد غريب، لم أحاول أن اكتشف المكان لأن هذا ليس من آداب ديننا الحنيف حيث جلست إلي حيث أشارت أم نديم، وأيضا لأن بمجرد معرفتي بأني دخلت مكان يخص هذا الوغد فحتما لابد وأن أشعر بلاشمئزاز منه لكني حاولت أن أتدارك نفسي وألا أظهر شيئا لأم نديم، جلسنا وتحدثنا لبعض الوقت ومن ثم هممت بالذهاب ووعدتها بالعودة مرة أخرى

وعندما قمت من مكاني لأتجه إلي باب المنزل وأتوجه بالخروج رأيت الباب يُفتح فجأءة ودخل أبغض وجه إلي قلبي ويقف أمامي مباشرةً، انتفض قلبي وشعرت بالخوف الشديد لدرجة أني تشبثتُ في يد أمه وأحست هي ببرودة أطرافي، كنت أشعر أني سأقع مغشياً علي في أي لحظة فوجودي معه في مكان وأحد بعدما فعله بى ليس أمراً هيناً أبدا

لأسمعه يقول وهو يخفض رأسه أرضاً_السلام عليكم، أعتذر علي المقاطعة، لم أعرف أن معك ضيوف يا أمي ويذهب سريعا إلي غرفته حتى لا يتسبب لي بالإحراج

لأغمض عيني في ألم بسبب تذكر ما حدث في الماضي ويبدو أننى سأنهار ثانية ولن استطيع تكملة خطتي بهذا الشكل

لتقول أمه_لم هذا الاضطراب، نديم دخل غرفته لا داعي للخجل

لأقول بصوت يجاهد في أن يكون متماسكاً_حسناً أراك مرة أخرى ياخالتي

_في أمان الله

لأرحل من البيت سريعا وما أن ابتعدت عن بيته حتى انفجرت في بكاء شديد _يا إلهي الأمر صعبُ للغاية، لا أستطيع الاستمرار، لا أتحمل وجوده أمامي فكيف سأتزوج به

***

_نديم، حبيبي حمدا لله علي سلامتك

قّبل نديم يد أمه_سلمك الله يا أمي من كل سوء ومكروه، من هذه الفتاة؟

_هذه نايا، التي حدثتك عنها، الفتاة التي أوصلتني إلي المنزل عندما تآخرت علي في المجيء، فتاة طيبة مسكينة يتيمة ألاب والأم

_حسناً ياأمي ولكن ماذا تفعل هنا؟!

_جاءت لتحضر لي بعض الفطائر من صُنع يديها، هيا فلتتذوقها، طعمها لذيذ جدا

_أمي، أليس من المبكر جدا، الوثوق في هذه الفتاة، فنحن لا نعرفها جيداً بعد

_نديم، يا بني، أنا كبيرة بما يكفي لأستطيع أن أميز إذا ما كانت هذه الفتاة جيدة أم لا، وأني لأظنها فتاة طيبة، فلقد توسمت فيها الطيبة وحسن الخلق

***

شعرت بحاجة ماسة إلي الحديث مع طبيبتي، والتي نصحتنى بالعودة إليها في أي وقت أريد

جلست علي الكرسي الجلدى في عيادتها وأنهرت مرة أخرى وأنا أقول _لا استطيع الإستمرار، لا أطيقه أمامي، ماذا أفعل، يبدو أنني سأعدل عن تلك الفكرة فأنا لست جاهزة لهذا حقا

الطبيبة _تشجعى يا نايا، كنت في البداية لست متحمسة للفكرة عندما عرضتها علي ولكن عندما رأيتك تخططين بإحكام ورأيت الحماسة في أعينكي يومها، سعدت بالتغير الذي طرأ عليكِ، استمرى نايا فلقد نجحتي في أخذ مكانة في قلب أمه وقطعتي شوطاً لا بأس به في الخطة بنجاح، لا تراجع الآن، أعلم أن الأمر سيكون صعبا، لكني متأكدة أنك قادرةً

علي تخطيه، تحملي نايا من أجلك من أجل استرداد حياتك التي سلبت منكِ عنوة

قلت وأنا مازلت أبكي_أخشى أني لا استطيع

_تغلبي علي مخاوفك نايا، بل أنا أريدك أن تحتكي به أكثر، عليكِ التواجد في الوقت الذي يكون هو به

_لا استطيع أيتها الطبيبة، لا استطيع

_بلي تستطيعين، وستنجحين، أثق بكِ نايا

لأخرج من عيادة الطبيبة وأنا أزفر ضيقاً فما تطلبه مني صعب إلي جانب كونه مؤلم لي جدا

ذهبت إلي بيتي وخاصة إلي غرفة والدىّ التي أصبحت غرفتي من بعد رحيلهما، أستأنس برائحتهما التي مازالت تعبق بالمكان.

توضأت وصليت ودعوت الله أن يوفقني في تكملة خطتي علي خير، فكل ما أردته هو الستر فقط

في اليوم التالي

ذهبت إليها والأيام التي تليها بأي حجة كانت، حتى أعتادت علي رؤيتي يومياً رأيت حبها لي في أعينها وأنا أيضا لا أخفي عليكم تعلقت بها جدا، بدأت أحاول أن أنفذ ما طلبته مني الطبيبة والتواجد في أوقات تواجد نديم بالمنزل

كنت أساعد أم نديم في إعداد الطعام ووضعه علي المائدة

في حين أنه قد عاد من عمله للتو

الأم_أهلا بعودتك بني، هيا اذهب وبدل ملابسك، فالطعام بانتظارك

_حسنا أمي، ثم نظر إلي وهو يقول وهو يغض بصره _كيف حالك، أنسة نايا

ابتسمت في نفسي في سخرية منه، أنديم هذا يغض بصره ولا ينظر إلي عندما يحدثني ياله من محتال ومنافق أيضا ولكنني علي أيةِ حال رددت عليه بخوف_الحمد لله بخير

_شكرا لك علي ما تفعلينه مع أمي

قلت_لا داعي للشكر، فوالدتك مثل أمي رحمها الله وأنا سعيدة بالبقاء جوارها فهي تعوضني فقد أمي.

لتحيطني والدته بحنان بذراعيها وهي تقول_وأنا أعتبرك ابنتي التي لم أنجبها يا نايا

استمر الحال علي زيارتي لهم يومياً أكثر من عدة أشهر، أعتادوا علي وجودي معهم وأعتدت علي وجودي أيضا جوار أمه ، بدأت رهبتي من ذلك النديم تختفي شيئا فشيئا وخاصة أني أراه يحاول أن يكون شخصاً جيداً لست أدري أيفعل ذلك أمام والدته فقط، أم للإيقاع بي مرة أخرى حيث يعُدني فريسة جيدة يمكن اصطيادها، علي كل لم أبالي بالأمر فأنا لدى خطة وأحاول إتمامها.

كنت أحاول أن أضع لمستي في المنزل وأن أضفي عليه جوا مغايرا ليشعر نديم بالفرق في وجودي معهم بالمنزل، بت آتى إليهم في الصباح الباكر ولا أرحل ألا في المساء، هل أقول لكم أني لم أعد أخاف من السير وحدي ليلاً،

من أي شيء أخاف، لم يعد لدي ما أبكي عليه والدي ورحلا، وأنا لم أعد سوى حطام يجاهد ليبقى ثابتاً، فقدت أعز أشياء أملكها إذا ما الداعي للخوف إذا

في مرة من المرات، كان نديم بحاجة إلي أن يكوى قميصه فهو معتاد علي أن يفعلها بنفسه لكنه هذه المرة كان متعجلا

جدا فعرضت عليه أن أفعلها لأجله، حالما يكمل هو إعداد نفسه كي لا يتأخر أكثر عن موعده فقال بإحراج شعرته في صوته واستغربته أيضا_آسف أنسه نايا، سأتعبكِ

جاهدت لابتسم له وبداخلي نيران تحترق منه_لا بأس، بسيطة نديم_شكرا لكِ

_العفو، أنت إنسان جيد حقا أستاذ نديم، ليت الشباب جميعا مثلك

ابتسمت أمه وعلي ما يبدو أنها تفكر في شيء ما، فهمت ما تفكر به وهو جعلْ ابنها يرتبط بي واستغللت الفرصة لصالحي، قصصت لها ظروفي كاملة ورغبة عمي الذي ما أن مات والدى حتى حدثني عن بيع البيت والأرض له، وهذه الأيام يحاول إقناع أن أوافق علي أن أتزوج من ابنه أخبرتها أنه يقول، أني لا يجب أن أظل هكذا وحدي في المنزل، لابد و أن اتزوج فالناس ألسنة لا تَملُ من الحديث والاقاويلِ وأنا أعيش وحدي ويخشى كثرة القيل والقال عني، أخبرتها إحساسي بأنه لا يخشى علي من ذلك في الحقيقة بل هو لا يبالي بى من الأساس لم أره سوى مرة أو اثنين طوال هذه المدة، أنما هو يريد أن يضع يده علي إرث أمي، ألا يكفيه أنه أخذ البيت والأرض بمبلغ زهيد جدا ولم أدرك هذا ألا بعد أن قمت ببيع كل شيء له لأدرك أنه ما هو إلا رجل طماع شجع ما يريده هو المال فقط.

لتقول لي بإحساس صادق_لا بأس عليكِ يا ابنتي فأنت لست وحدك الآن، نحن هنا أسرتك أيضا أليس كذلك؟

لأقول_وهذا ما أشعر به يا خالة، لعل لقائي بكِ صدفة وتعلقي بكِ ليعوضني الله عن فقد أسرتي، ليعوضني عن كوني وحيدة، ولكني أخشى أن أكون حملا ثقيلا عليكم، أعتذر أن كنت قد تطفلت عليكم ولكني أري فيكم دفء الاسرة التي.أحتاج لها وافتقدها

_لا تقولي هذا أي حمل ثقيل هذا الذي تقصدينه، فأنت منذ مجيئك إلي هنا و أنت تخففين عني أحمالا كثيرة، أخذتِ مهمة الإهتمام بالبيت علي عاتقك، أنت من تساعدينني في كل شيء حتى بت لا استغني عنكِ نايا، لا حرمني الله منكِ عزيزتي

_شكرا لك خالتي، حقاً أنت طيبةُ القلبِ جدا

_وأنت أيضا نايا، فتاةُ رقيقة وحساسة وطيبة جدا صمتت قليلا ثم قالت _نايا هل يمكنني أن أسألك سؤالا وتجيبي عليه بكل صراحة

_تفضلي خالتي

_ما رأيك بنديم ابني!

ل أجفل من سؤالها وأبتلع ريقي في ارتباك شديد فلو أرادت الصدق فأني أكرهه بشدة أطيق العمي ولا أطيقه ولكن عليّ أن أدعي أني أتقبله حتى يتزوجني، فقلت وأنا أدعي الخجل _نديم، شاب جيد وتتمناه أي فتاة، حماه الله لك يا خالة

لتبتسم الخالة في مكر وهي تقول_ماذا لو كانت الفتاة هي أنت نايا، لقد قررت أن أفاتحه في أمر ارتباطه بك عزيزتي، ما رأيك

لأخفض رأسي مدعية الخجل و أنا في قمة سعادتي فما أخطط له منذ شهور عدة يُؤتى ثماره الآن ولكني قلت_لا أفكر ف هذا الأمر الآن، ثم من ذا الذي يوافق الإرتباط فتاة يتيمة مثلي، ليس لها أهل يرشدونها إلي الصواب ، لم تكمل تعليمها بعد حتى

_لا تقولي هذا نايا، أنت فتاة جيدة، لا أري فيكِ عيب قط، فأنا لم أري منكِ أي قبيح منذ أن عرفتك

_المرء لا ينبغي عليه أن يصدق كل ما يراه خالتي، فأحيانا يُخفي جمال الظاهر قُبح الباطن _كنت اقصد نديم بكلامي_

_ولكنني أثق بك نايا، أنت فتاة صافية، وجهك مرآة لما بداخلك، لم أري سوى شعاع نور يشع منك، لا تقللي من شأن نفسك عزيزتي

_جبر الله بخاطرك خالتي، لا أعرف بأي شيء أجيبك حقا، فلقد أخجلني كلامك حقا

لتبتسم هي علي خجلي وتقول_فلتوافقي إذا علي طلبي، أريدك أن تكوني زوج نديم فحقا لا يمكنني الاستغناء عنك بعد الآن فأنا أعدك ابنتي.

قلت بارتباك_وإذا كان هو غير موافق يا خالة

_لا تقلقي بهذا الشأن فلدي أساليبي في إقناع ولدي

قلت بحرج_لا أريد أن يكون مجبرا علي الزواج بى

_لا إجبار أبدا، لا تقلقي، فقط أقنعه بالأمر، لأني أعرف ابني لم يفكر في أمر الإرتباط بعد

قلت بخفوت_حسنا خالتي، للكِ ما اردتِ

لتطبع قبلة حانية علي جبهتي وهي تقول_أتمنى ذلك اليوم الذي أراك تزفين فيه عروسا إلي ابني نديم، سأكون يومها في قمة سعادتي

لتدمع أعيني بمجرد قولها هذا فهي لا تعلم أني سأزف للجحيم، لا تعلم بأنها تريد أن تسلمني لمن ذبحني وتركني أنزف ألما طوال هذه المدة وهو يعيش حياته وكان شيئًا لم يحدث كانه لم يرتكب أي جرم في حياته

لتقول _لم تبكين، صغيرتي

لأقول و أنا أمسح دمعاتي_لا شيء خالتي فلقد تذكرت والدي عندما كانا علي قيد الحياة ويتمنون أن يروني عروسة تزف إلي زوجها

لتربت علي حجابي بحنان_رحمهما الله يابنتي، لا تنسيهما من صالح دعائكِ، وأنا سأعمل علي تحقيق أمنيتهما تلك قريبا جدا، فلا تبتأسي يا عروستي الحلوة

لأقابلها بإبتسامة ممتنة لاستشعاري صدق حبها لي

ليطرق نديم الباب ثم يدخل ويلقى علينا السلام

لأقول_أستاذن أنا، سوف أعود إلي المنزل، إلي اللقاء خالتي

_أنتظرى نايا فنحن لم نتناول العشاء بعد

_بالهناء خالتي، لكني أود العودة مبكرا هذا اليوم فلتسمحي لي

لتقول_لا لن يحدث أبدا، ستظلين معنا للعشاء، هيا نايا

نديم_أجل، أنسة نايا، انتظرى تناولي عشاءك أولا

قلت بقلة حيلة _حسنا

جلسنا علي الطاولة ولأول مرة يتحدث فيها نديم معي وهو يقول_هل تدرسين يا أنسة نايا

قلت بجمود_لا

نديم_هل تقصدين أنك أنهيتى دراستك؟

لأقول _لم أذهب للجامعة لم أكمل تعليمي توقفت بعد المرحلة الثانوية

نديم _لمَ، خسارة، التعليم يرفع من مكانة الفرد ويعلي من شأنه

لأقول وأنا أمقته بنظرات كلها حزن وبغض أجاهد في إخفائها فهو المتسبب في عدم إكمالي تعليمي_ أعلم هذا وأتمنى أن أكمل تعليمي يوما، لكني لا أجد الدافع لهذا الآن

نديم_ما رأيك بأن أساعدك علي إكمال تعليمك، فالعلم هو سلاحك للأيام القادمة أنسة نايا، تسلحي بالعلم تلقى الجزاء الجميلا

لأقول_حسنا سأفكر في الأمر، شكرا لك، لقد أتممت عشائي، أدامها الله لكم نعمة، أستاذنكم

لتقول الأم_بالهناء والعافية حبيبتي، فلتوصلها يا نديم إلي منزلها

لأصرخ أنا و أقول بأندفاع فكيف لي أن أسير مع مغتصبي سويا وإلي منزلي الذي أعيش به وحدي _لاااا

ليتفآجئا بردة فعلي الحادة تلك

فقلت بتراجع _أحم.أقصد لا داعي ليتعب نفسه، أعرف طريق العودة جيدا

لتصر الأم علي أن يوصلني وهي تغمز لي فهمت أنها تريد أن تقربنا من بعضنا تمهيدا لأمر مفاتحته بالزواج بي

فوافقت علي مضض لحتى أضمن بعد ذلك موافقته علي الزواج بي

سرت علي مسافة بعيدة منه نسبيا كان يحاول أن يسبقني بخطوة وعينه علي الأرض مثلما أفعل عادة وأنا أسير.

لأسمعه يقول_آسف علي الإحراج التي تسببته في الخروج معك، أعلم أنك محرجة من الخروج معي

التزمتُ الصمت ولم أعلق ليسير هو بقية المسافة دون كلام، إلي أن أصبح بيتي في قبالتنا فقلت وأن أشير_هذا هو بيتي

فوقف مكانه وهو يقول

حسنا، تفضلي فلتكملي هذا الشارع وحدك وأنا سأراقبك من هنا، لا أريد أن يركِ أحدا تسيرين معي ليلا فيظن بكِ السوءَ وخاصة أني لا أقرب للكِ شيئا، أنا وافقت أمي علي أن أوصلك فقط لأني لا أريدك أن تسيرى ليلا وحدك

_حسنا، شكرا لك، سلامي للخالة

أكملت طريقي ودخلت منزلي ودلفت غرفتي لأقف خلف ستار النافذةِ لأره ما زال واقفاً ينظرُ أعلي وما أن قُمت بإشعالِ ضوء الغرفة حتى استدار عائدا إلي بيته فعلمت أنه كان منتظرا لأُشعل ضوء غرفتي ليتأكد من وصولي بأمان ومن ثَم يرحل.

كنت أري كل أفعاله هذه ولا أصدق أبدا ما يحدث كيف له بهذا التمثيل المُتقن فهو بارعٌ حقا في انتحالِ دَور الشريف التقى ، أم أنه تاب خلال هذه الفترة ولكن لا أظن أن تشفع توبته لي، علي ما فعله هو بي

***

عاد إلي منزله

_أمي، أما زلتِ مستيقظة لمَ لم تذهبي للنوم بعد

_أنا في انتظارك نديم، أريد أن أفاتحكَ في أمر ما

جلس نديم قبالة أمه علي الاريكة في في صالة المنزل _تفضلي أمي، ما الأمر

نظرت الأم إلي أعنيه قائلة_ما رأيك نديم في نايا

قال باستغراب من سؤالي_أراها فتاة جيدة أمي ولكني لا أعرفها عن كثب وأظنني لست بحاجة للتدخل في خصوصياتها

_ما رأيك أن تتزوج نايا، يا نديم!!

لأقول بمفاجئة_ماذا أمي... أتزوجها!!!، لم أفكر قط في هذا الأمر

_ولمَ لا، نايا فتاة جيدة بشهادتك أنت علي ذلك، وأنا أحببتها حقا ولا أريدها الابتعاد عني وأريدها أن تكون زوجة لك

_علي رسلك أمي فنحن لا نعرفها عن كثب، هي فتاة اقتحمت عالمنا فجاءة وأنخرطت في أسرتنا بسرعة، ألا ترين أن هذا أمر يدعو للريبة أن تتقرب فتاة غريبة عنا منا بهذا الشكل

_ريبة ماذا يابني، الفتاة يتيمة الأبوين، أحبتنا، وجدت فينا دفء الاسرة التي تفتقده، فهي وحيدة لا أحد معها ولا حتى قريب، لولا جارتها أم خالد لماتت نايا من الوحدة، إذا كنت لا تثق بها جيدا بني فعليك بالسؤال عنها جيدا في حَيها وأني علي يقين أنك لن تسمع ألا طيباً، أرجوك بني حقق رغبتي في ارتباطك بها فهذا أول طلب أطلبه منك

_حسنا أمي سأفكر بال أمر، وسأسأل عنها أولا

_جيد يا بني، فأنت لن تجد فتاة تصونك وتحفظك مثل نايا، فهي فتاة علي خلق و حيية جدا

سأل نديم الجيران علي ولم يسمع منهم ألا طيبا تماما كما قالت أمه، الأمر الذي شجعه علي الموافقة علي إلحاح أمه المستمر له بالزواج بي.

وأخبرتني أن نديم وافق علي الزواج بي ويريد أن يتحدث إلي عمي للإتفاق علي أمور الزواج، فأخبرتها أن هنا تمكن المشكلة فأنا اعتقد أن عمي لن يوافق لأنه يريد أن يزوجني لابنه، ولكني قلت لها بأني سأتصرف أنا بهذا الموضوع

اتصلت بعمي وأخبرته بأن هناك شابا يريد الزواج بي وكما توقعت رفض تماما ولكني قلت له بأني موافقة ولا أحد يمكننه إجباري علي شيء

_نايا، أسمعي أنا عمك وأنا الواصي عليك الآن و أقول لكِ أني لست موافقا

لأقول بحدة_أي عم أنت؟ وأي واصٍ علي وأنت لم يزورني قط ولا تسأل عني إذا ما كنت أحتاج شيئا أم لا، لمَ أرك هنا، سوى لأخذ توقيعي علي بيع إرث أبي لك والذي أخذته مني بثمن زهيد جدا واستغللت عدم علمي بهذه الأمور، لكني لا أبالي وأقولها لك، بموافقتك أم لا سأتزوجه فلتحفظ ماء وجهك أمام الناس ولتضع يدك في يده ولتوافق عليه عمي

ليقول هو علي مضض_حسنا دعيني أقابله و أسأل عنه أولا

ابتسمت في سخرية وكانه يبالي بي _حسنا عمي هل أخبره أن يأتي إليك أم ستأتي أنت هنا؟

ليقول _أجل سأتي أنا هنا بل سأنتقل أنا وأسرتي للسكن في المنزل في الشقة آسفل شقتك

قلت_حسنا عمي، فالمنزل أصبح لك الآن فلتفعل ما تريد

***

تم تحديد موعد لقاء عمي مع نديم

عمي_إذا أنت تريد الزواج من ابنة أخي؟

_أجل عمي، فهل تسمح لي بذلك؟

_وهل عندك شقة تسكنها بها، وهل تملك أملاك و أراضي أم لا

_أجل عمي عندي شقة صغيرة مجاورة لشقتي التي أسكن بها الآن، لكني ليس عندي أي أملاك غيرها ولا أراضي، سوى سيارتي.

_حسنا وهل تعلم أن نايا تمتلك أراضي إرث والدتها

_لا ياعمي، هذه معلومة أسمعها الآن منك، ولا أظنني أبالي بهذا الأمر فالأرث لها وحدها ولا دخل لي بذلك

_اسمع، سأوافق علي زواجك بابنة أخي علي شرط أنها، إذا أرادت أن تبيع إرث أمها سأكون أنا المشتري أفهمت ذلك؟

_هذا الأمر لا دخل لي به تبيعه لمن تشاء ولكن حسنا فسأعرض عليها الأمر إذا ما فكرت في البيع، هل هناك شيئا آخر، عمي

_لا، فلنتفق علي بقية تفاصيل الزفاف

***

_مالك نديم تجلس شاردا

_هذا الرجل، عم نايا

_مابه

_ليس جيدا أمي، أظنه يطمع في إرث نايا لا أظنه يبالي بأمرها كثيرا

لتقول أمه بحزن_ وهذا ما حدثتك عنه يابني، نايا يتيمة ليس لها أحد سوانا فلتفعل الخير يابني وتكفل هذه المسكينة وتدخل السرور علي قلبها

ليقول نديم_بإذن الله أمي، سأحاول بيع سيارتي فهذا الرجل يرهقني بتكاليف شبكة وزفاف عالية جدا، تفوق ما أدخره بكثير

الأم_لا بأس يا بني فلتفعل أي شيء للظفر بها

***

عندما عَلمت من خالتي أم نديم بشأن الشبكة الغالية التي طلبها عمي وتكاليف الزفاف الباهظة وتأجير قاعة فخمة

رفضت رفضا قاطعا ما يحدث و أصريت عليها ألا يحضر نديم ألا خاتماً بسيطاً فقط كما أني لا أريد زفافا كبيرا و أنما زفافا عائليا يحضره عمي وبعض جيراني إلي جانب أقارب نديم وأني لن أسكن سوى في المنزل التي تكون فيه أم نديم فأنا لا أريد الابتعاد عنها

وعللت علي كلامي أني مازلت حزينة علي موت والدىّ وهذا ما أراه مناسبا لي وأصريت علي ذلك واضطر الجميع للموافقة عليه

في حقيقة الأمر ليس الأمر هكذا، فأنا حزينة حقا علي موت والدى ومازلت إلي الآن اتقطع الما لفقدهما، لكننى مثلي كأي فتاة في ظروفها العادية كانت تحلم بيوم عرس مميز فستان زفاف أبيض يزيدها بريقا ويكسبها إطلالة مميزة تتذكرها طوال عمرها، ولكن لست أنا فكيف أفكر في فعل شيئا هكذا وأنا مكسورة وأنا مهشمة من الداخل أحاول جمع شتات نفسي حتى لا يعرف أحد ما حل بى، كيف لي أن ارتدى ثوب عرس وأزف إلي قاتلي إلي ذلك الذئب البشري الذي سلبني فرحتى بمثل هذا اليوم، لا لن ارتدى ثوب الزفاف لذلك الوغد فهو لا يستحق أن يراني به، فأنا اعتبر زفافي محض محطة لأصل بعدها إلي طريق شعوري بالحرية، طريق لإزالة ذلك الشيء الذي يثقل كاهلي ويمنعني من التمتع بحياتي علي نحو طبيعي

***

منذ أن طلبني نديم للزواج وأنا لم أعد اذهب إلي بيتهم، مكثت هذه الفترة في منزلي متعللة بأني منشغلة بأمور ما قبل الزواج ولكن في الحقيقة كنت أعاني في أسبوع ما قبل الزواج ذاك بحالة نفسية سيئة جدا وذهبت إلي طبيبتي لتكثف لي العلاج، فأنا قرب قاب قوسين او أدى من دخول وقر ذلك الحيوان البشري

الأمر ليس هين علي أبدا وأحاول أن اتماسك قدر المستطاع قضيت هذه المدة نائمة في فراشي أتهرب من حقيقة أني سأزف له في نهاية الأسبوع

ولكني قبل الزفاف بيوم سمعت طرقا علي باب شقتي لارتدى إسدالي وأنظر من الطارق، ظننته عمي والذي أصبح يسكن بالدور الأسفل من البيت لكني فوجئت به أمامي فأصبت بصدمة وأنتفض قلبي عندما وجدته أمامي تذكرت ذلك اليوم وهو يحاول منعي من الخروج، لا أخفيكم سرا أن هذا الماثل أمامي الآن أكثر وسامة مما كان عليه من

أكثر من ٣سنوات مضت علي تلك الحادثة ولكني مازلت أراه ذلك الوغد البغيض

وقبل أن أتحدث فلقد لاحظ ارتباكى قال _لا تقلقي، أعلم أن مجيئي إلي هنا ونحن لم نعقد قرأننا بعد ليس صحيحا ولكني جئت للتحدث معك في أمر ما

دب الخوف أوصالي، أهو تذكر من أنا ، أتراه سوف يرجع عن الزواج بى ، ألن أحقق حلمى من التخلص من ذلك العار الذي لحق بى بسبب فعلته أيظننى حقا أريد الزواج به، قطع تفكيري صوته وهو يقول_هل تسمحين لي بالدخول أم سنتحدث أمام الباب

لأفزع عندما قال ذلك وقلت في نفسي، أيريد أن يقوم بشىء دنىء آخر قبل الزفاف بيوم ومن ثم ينهي كل شيء قبل إتمامه ياإلهي ماذا أفعل لأجده يقول_لا تخافي، سأترك الباب مفتوحا، كى لا يكون خلوة ونأثم بذلك

لأقول لنفسي بحيرة_أي البشر أنت أصبتني بالتخبط أيها الوغد

أذنت له بالدخول وتركنا الباب مفتوحا

جلس مقابلتي علي كرسي الطاولة وهو يقول لي_نايا أعلم أنك حزينة علي فقد والديكِ، وأري ذلك جليا في عنيكى وأثاره ظاهرة عليكي حقا فيبدو أنكِ قضيت هذا الأسبوع في البكاء ولا شيء غيره

قلت لنفسي_تباً له لقد علم أني كنت أبكي حقا، سحقا له فهو الملوم فيما يحدث لي

قال_نايا، الحياة تسير لن تتوقف علي فقد الأحباب، أنا أيضا فقدت شخصا عزيزا علي ولم يكن الأمر سهلا أبدا ولكني أحاول أن اتخطاه أن استمتع بما تبقى من عمري، فلن ينفعني حزني ونحيبي، لن يجلب لي سوى الاكتئاب والمرض وما أظن والديكِ سيكونان سعيدون برؤيتك هكذا، اعتقد أنهما سيكونان سعيدين لرؤية سعادة ابنتهما

قلت لنفسي_سحقا أنت سبب تعاستي أيها الآخرق

أكمل_نايا أنا لا أوافق علي عدم ارتداؤك ثوب زفاف، أنت كبقية الفتيات من حقك أنت تفرحي بهذا اليوم، فلتنسى حزنك نايا وتعيشي اللحظة فهي لن تتكرر مرتين

لأحدث نفسي مرة أخرى_لم أعد كبقية الفتيات بسببك أيها القذر أتقتل القتيل وتمشى في جنازته، لك من الله ما تستحق، فلتعينني ياربي علي تحمل هذا الوغد وتمثيله البارع

_نايا تكلمى، ردي علي

لأقول بصوت متحشرج _لا، لا استطيع، سيكون الزفاف عبارة عن عقد قران وحسب وأنا سأرتدى ثوبا جديدا اشترتيه لهذه المناسبة

_ولكن يا نايا، أريد أن أراك سعيدة، فهذا يوم العمر

لأقول_السعادة ليست بالمظهر وأنما تبع من داخلنا، أنا سعيدة بارتدائي لذلك الثوب، فليس فستان الزفاف هو المعضلة

_وما المعضلة إذا لم أري كمية الحزن تلك في كل مرة أنظر اليك فيها ، تبتسمين لكن وراء هذه البسمة حزن دفين، نايا أنا لا أريد أن أراك هكذا

_ليس هنالك معضلة أبدا، والحزن بداخلي أعتقد أنه سيزول مع الأيام، أم أنك عندك شك في هذا

_لا، طبعا سيزول وسأعمل جاهدا علي مساعدتك علي تخطي هذا الأمر، لكن ارجوك دعينا نذهب لشراء ثوب زفاف يليق بك ليجعلك أميرة الحفل بالغد

_قلت لا، لا أريد، ارجوك لا تلح علي أكثر من ذلك، صدقني أنا سعيدة بالثوب الذي اشتريته وأظنني سأكون جيدة به لا تقلق

قال بقلة حيلة _حسنا لكِ ما تريدين ثم أكمل بإبتسامة ساحرة لو كنت لا أعرفه لكنت سحرت بها_أنت رائعة بكل أحوالك نايا

لأقول في نفسي_إلزم حدودك أيها الوغد ويظهر علي تقاسيم وجهي الضيق ليلاحظ ذلك ويقول وهو يضحك_أنا آسف فلنؤجل هذا الكلام إلي ما بعد عقد القران، فيبدو أن سيدتي تخجل كثيرا

لأقول في نفسي_يبدو أنه جاء للمزاح، ترى أنسى نفسه أم ماذا

لاحظ صمتي شرودي فقال_حسنا أراك في الغد نايا، مبارك لنا عزيزتي

اومأت له برأسي ومن ثم أوصلته للباب ليغادر وأحكمت غلقه علي من الداخل

جاء يوم زفافي البائس ذاك وارتديت الثوب الذي جلبته ليكون ثوب عرسي وجلست إلي جواره أتظاهر بالابتسامة

لأسمع بعض الهمز واللمز من زوجة عمي مع بعض النسوة أمثالها، وتعليقات ساخرة من بعض الناس علي عدم ارتدائى لثوب زفاف أبيض مثل بقية البنات، وأسمع بعضهن يشفقن علي حالي ويقولون أني مازلت حزينة علي موت والدي فلهذا لم ارتدى ثوب الزفاف

ليقول لي نديم هامسا _لا تلتفتي لأقاويل الناس نايا، المهم أنا وأنت سعداء أليس كذلك؟

_أنا لا أهتم بكلامهم ولا نظراتهم، لا تقلق، فلو كنت أهتم لارتديت ثوب الزفاف، فحقا كلامهم لا يشكل فارقا معي

_بارك الله فيكِ وزادك، حكمة ورجاحة عقل

لأقول في نفسي_وخسف بك أيها المعتوه ، فأنا لا أظن أنك ستفلت بفعلتك معي وخاصة أني لم أسامحك بعد ولن أفعل

تم الزفاف وأنتهي المأذون من إجراءات عقد القران وذهبت معه إلي المنزل لأتفآجأ به يدخلني إلي الشقة المجاورة للشقة التي كان يسكن بها هو ووالدته لأقول_أين ستأخذنى

_لشقتك بالطبع

_لكن الشقة هناك علي الجانب الأيمن

_لا هذه تخص أمي وسنكون معها دائما، أما هذه فهي لك وحدك تتصرفين بها كيفما تشائين

لأصاب بالصدمة فأنا لن أطيق البقاء معه تحت سقف واحد بمفردنا وأصرخ به قائلة _لا لن يحدث، سنظل هناك مع خالتي، لا أريد الابتعاد عنها

نديم_نحن معها بالفعل نايا، أنا فقط اضمن لك سبل الراحة والحرية في منزل مستقل بك وأمي جوارنا فما يفصلنا عنها سوى جدار وأحد

لأبكي كالأطفال وأرتمي في أحضانها وأنا أقول _لا، ، لا خالتي أريد أن أبقي معك، لن اذهب إلي مكان دونك، لن يحدث

_يابنتى أنا معك، إذا ما احتجت لشيء ستجدينني إلي جوارك، لا تقلقي

لأبكي أكثر وأصر علي المكوث معها بشقتها فآخر ما كنت أفكر به هو وجودي تحت سقف واحد مع نديم

فتشفق علي حالتي وتقول لابنها_لابأس نديم، فلتقضيا الليلة فقط في غرفتك عندي بالشقة وبعدها تذهبان إلي شقتكما

فيقول نديم _حسنا، لا بأس أمي

لندخل شقة والدته ونتناول العشاء سويا والذي لم استسغ طعمه بسبب حالتي السيئة في ذلك الوقت

ليقول نديم_مابالك نايا، ماذا يحدث لك

لأقول وأنا أبكي_لا شيء مهم

لتقول أمه وهي تحمل الأطباق إلي المطبخ _نديم، فلتساعدني بحمل الأطباق إلي المطبخ، ليحمل نديم بقية الأطباق ويلحق بأمه إلي المطبخ لتهمس له _نديم، لا تبرح تسأل نايا هذا السؤال، فالبنت متوترة للغاية

وخائفة مثلها كبقية الفتيات في يوم زفافهن، عليك أن تحتوي خوفها وتخفف من حدة توترها وألا تفعل شيئا دون إرادتها

نديم_حسنا أمي كنت سأفعل هذا

_بارك الله فيك بني، أسعدكم الله وهناكم

ذهب نديم إلي وقال_هيا نايا فلندخل غرفتي لنرتاح قليلا

أجفلت عيني بصدمه _ندخل غرفة من!!

نديم_غرفتي نايا، أين تُرانا سننام؟

نايا_فلتذهب أنت إلي غرفتك وأنا سأنام مع خالتي

نديم بضيق_ماذا، ما هذا الهراء نايا، هيا هداكِ الله فأنا أشعر بالتعب

لأقول بعند _كلا لن اذهب إلي أي مكان

ليقول نديم بنفاذ صبر_نايا كفي عنادا، فلنذهب ولنكمل حديثنا في غرفتنا

لأبدأ في البكاء مرة أخرى _لا، لا أريد سأظل مع خالتي

ليحاول أن يقترب مني ويمسك يدي وهو يقول بحب_نايا، أعلم أنك مازلت ترينني ذلك الغريب عنك، أعلم أنك تخافين ذلك اليوم حالك كحال معظم الفتيات، لكن اؤكد لك أنه لا داعي للقلق

لأبعد يدي عنه فأنا لن أسمح له بلمسي مرة أخرى مطلقا فيقول_نايا فلتعطينى فرصة أتقرب منك نايا اعطينى فرصة لأبدد وحشتك تلك، أنا زوجك الآن نايا وشريك حياتك لن أتركك وحدك بعد الآن، أعدك أن أعوضك عن سنين حزنك التي عشتها وحدك، أعدك ألا أجعلك حزينة أبدا

كان يقول هذا وأنا أبكي، فيشعر نديم بالأسى من أجلي فيقترب مني محاولا أن يحيطني بيده لأبتعد عنه كمن لسعته الأفعى وأنا أقول _ابتعد عني لا تقترب

ليرفع يده عاليا ويقول محاولا تهدئتي فحالتي أصبحت مزرية وفقدت السيطرة علي نفسي وبدأت أبكي بهيستيرية

_ حسنا حبيبتي فلتهدئي لن اقرب لكن ارجوك اهدئي لا داعي للزعر هكذا

قضيت الليلة إلي جوار خالتي أبكي بشدة وهي تمسد علي شعري في حنان وحزن علي حالتي تلك، وآسفا علي ابنها الذي لم يهنأ بليله عرسه،

ظلت إلي جواري إلي أن غفوت وخرجت لتطمأن نديم عني

ما أن شاهد نديم أمه تخرج من الغرفة حتى قام من الأريكة قائلا بلهفة

_أمي نايا، كيف حالها الآن

_الحمد لله هدأت ونامت بعد معاناة طويلة ، لا تحزن يابني فمثل هذه الحالة تحدث لفتيات كثيرة يوم عرسهم ولكن نايا الأمر معقد معها قليلا ولذلك لمَ مرت به من فقد والديهما دفعة واحدة

_لا بأس أمي أتفهم ذلك، المهم أنها تكون بخير

***

ظللت علي هذا الوضع مده طويلة اتهرب منه ولا أسمح له بالاقتراب مني أبدا وأتعلل بأي شيء حتى لا يستطيع لمسي وظل الأمر قرابه الشهرين إلي أن شعر بالضجر وقرر حسم الأمر وأخذني أولا إلي طبيبة والتي هي في الأصل طبيبتي التي اتعالج عندها بسبب ما فعله بى، وهو لا يعلم ذلك

طلبت طبيبة أن تراني وحدي حتى يتسنى لنا أن نعرف ماذا سنفعل أنكمل علي هذا المنوال أم نكشف الحقيقة

قلت لها أني لم أعد أتحمله أكثر ولابد أن أواجهه بالحقيقة ليطلقني وأرتاح منه للابد، وأعيش أنا حرة، واستطيع العيش دون مكدرات.

فأخبرت الطبيبة نديم أني بخير ولكني بحاجة لبعض الوقت، ، أما الباقى فأظنكم تعرفونه فهذا ما رواه نديم في بادئ الأمر

***

عودة للوقت الحالي

كنت أحكي حكايتي لنديم وتختلط دموعي مع شهقاتي المتكررة وأنا أنتفض من البكاء والقهر معا

لأجد نديم يجلس مزهولا مما سمع أصيب بصدمة لبرهه وكاد لا يصدق ما يسمع حتى سمعته يقول وكاد أن يبكي، بالفعل كان يبكي طوال قصي لحكايتى، شعرت بآسفه علي ما مررت به وعندما أنتهيت من قص حكايتى قال بصوت متحشرج _أهذه أنت، لا أصدق أكنتى أنت حقاً؟أنت الفتاة في ذلك اليوم، أنا لم أكن أعلم أنكِ هي نفسها

لأجيبه بصراخ_أجل أنا أيها الوغد الحقير أنا من دنستها بدنائتك وخستك، أنا من قضيت أنت علي اعز ما أملك، أنا من دمرت حياتها وتسببت في موت والدىّ بحسرتهما علي خططت لكل هذا حتى يستنى لي استعادة شرفي ويعلم الناس أني كنت متزوجة ولا يظنون بى السوء، لا تفكر أني تزوجتك حبا فيك او لسواد عينيك أيها الوغد، حسبنا الله ونعم الوكيل.

ليقف وهو يبكي ويحاول الاقتراب مني_نايا -اهدئى ارجوك

صرخت به وأنا ابتعد _لا تقترب مني، أنا أشعر بالقرف منك، أكرهك نديم، أكرهك من كل قلبي، فلتطلقني هيا، دعني أرتاح مما أنا به

ليقول بندم وأسف_نايا أنا آسف حقا، آسف علي كل شيء

لأقول بلوعة_آسف علي ماذا بالضبط، علي تدميرك حياتي، أم مستقبلي أم شرفي، أم علي موتي وأنا علي قيد الحياة، علي ماذا بالضبط قل لي ، كنت سأجرم في حق نفسي يوما بسببك، لولا معية الله لي، قضيت أسوء ٣سنوات في عمري وأنا أعاني من الاكتئاب ، اتعاطى العقاقير لأهدأ، آسف علي ماذا، وهل ينفع الأسف والندم الآن، لا سامحك الله أبدا، طلقني نديم

ليقول وأعينه تفيض من الدمع_لا، ، لا استطيع أن أفعلها نايا، اعتذر، نايا أنا لن أتركك، نايا أنا أحبكِ حقاً، سامحيني

لأصرخ به بعد أن فقدت القدرة علي التحكم في نفسي مرة أخرى_وأنا أكرهك ولا أريدك، أسمع أن لم تطلقني سأقتلك نديم

ليقول بألم علي حالتي_نايا، ارجوك أسمعيني، اعطني لي فرصة لأشرح لك

لأجد نفسي أجري نحو المطبخ بعدائية شديدة وأعيني حمراوتين من الغضب وأخذ السكين واتجه نحوه في شر_طلقني نديم وإلا سأقتلك، أنا لا أمزح، كم كنت أتمنى أن يأتى اليوم وأخلص الناس من خستك ودنائتك أيها الوغد

لأجده لا يتحرك من مكانه ولا يبدوا عليه الخوف، بل الندم والحزن الشديد _نايا ارجوكى اسمعيني، آسف علي كل شيء حدث لك، لكن اعطني الفرصة لأشرح لك

قلت _قلت لك طلقني ولا أريد أن أسمع تراهاتك تلك، طلقني هيا وألا اقسم أن أطعنك بهذه السكين ، نديم

ليقف هو ويفرد كلتا ذراعيه _أنا أمامك نايا فلتفعلي ذلك إذا، إذا كان هذا ما يريحك، لكني أعلم أنه بقتلكِ لي لن ترتاحى، بل ستزيدين حالتكِ سوءًا اسمعيني نايا أنا لن أتركك بعد الآن، سأعوضك نايا عن كل ما مررت به أعدك

لاقترب منه أحاول طعنه ولكن ترتعش يدي فأنا لا استطيع قتل صرصور فكيف أفعلها بآدمى لتسقط السكين من يدي وأشعر بألالم والضعف يفتكان بى

ليقترب مني _نايا حبيبتي، لن أتركك، سأكون لجوارك أعدك، أن أساعدك أن تتخطي ذلك

لأقف وأضع يدي فوق أذني وأنا أصرخ عاليا جدا هذه المرة_كفي، كفي لا أريد أن أسمع منك شيئا فلتصمت ولتبتعد عني وأشعر بعدها بأن الغرفة تضيق بى شيئا فشيئا والأشياء تلتف من حولي ولا استطيع الرؤية وتظلم الغرفة أمامي فأسقط فاقدة للوعى

ليمسك بى نديم قبل أن اصطدم بارضية الغرفة محيطنى بذراعيه لأول مرة يكون بهذا القرب مني ولم أكن لأسمح له بذلك لولا أني فاقدة الوعي لا أشعر بأي شىء حولي كعادتي السيئة والتي لا استطيع تغيرها وهي عندما أحاول الهروب من الواقع إليم ألجىء للإغماء فيكون أفضل وسيلة لي

لتطرق أمه علي الباب بشدة وهي تنادي _نديم، ماذا يحدث، نايا مابها لما تصرخ هكذا

ليحملني نديم برفق نحو الغرفة و يضعني في فراشي برفق شديد ومن ثم يطبع قبلة تختلط بدموعه علي جبهتي ويذهب ليفتح لأمه الباب

لتدخل سريعا باحثة عني والقلق ينهش منها وخاصة عندما وجدت نديم يفتح لها الباب وهو يبكي بشدة _نديم أين هي نايا ماذا فعلت لها ولمَ تبكى هكذا

ليجلس نديم بألم وأسى شديدين ولم يجب أمه فتذهب سريعا للبحث عني في الغرف حتى تجدني نائمة علي فراشي في أحدى الغرف فتقترب مني وهي تقول بلهفة _نايا، ما الذي حدث لك يابنتى، فلتردي علي، لم أنت نائمة هكذا، نايا افيقي

حاولت معي كثيرا ولكن لا جدوى فأنا في عالم آخر الآن، عالم حيث لا يكون هناك مكان للألم ولا الحزن مكان كله سعادة فقط، مكانا صنعته لنفسي بدلا من الواقع المرير التي كنت أعيش به.

لم تفلح محاولاتها في جعلي استيقظ فذهبت مهرولة إلي ابنها وهي تصيح به _ماذا فعلت بها بنى أهذه الأمانة التي حملتك اياها أهذا وعدك لي بأن تحافظ عليها، لمَ فعلت ذلك بها، قل لي ماذا فعلت بها كي ترقد هكذا أنطق

لم يرد عليها نديم بل بدى أنه في عالم آخر أيضا كان يضع رأسه مطأطأً بين يديه ناظرا لآسفل ويبكي بصمت

لتجلس أمه إلي جواره بانتحاب وهي تقول بأسى_لماذا يا نديم، أنت شاب عاقل، ماذا فعلت لك تلك المسكينة لتفعل بها هكذا، ظننتك مختلفا عنه نديم، لمَ أولادى يدمرون الفتيات هكذا فلترحموني يرحمكم الله ماذا فعلت في دنيتي ليبتليني الله بأبناء مثلكم قساة القلب، فليرحمك الله يا ناجي ويغفر ذلتك التي كانت سببا في مرضى ومعاناتي طوال هذا الوقت ليأتى أخوك الآن ويعيد تلك الذكرى المريرة إلي قلبي

لم يتحمل نديم نحيب أمه فيرفع رأسه وينظر إلي أمه التي تبكى بشدة أيضا ويحيطها بذراعيه ضاما رأسها إلي صدره وهو يقول وهو يكاد ينفجر_لم أفعل بها شيئا أمي، بل ناجي من فعل ليكمل وهو يحاول التماسك_نايا هي الفتاة التي اعتدى عليها ناجي توأمي يا أمي

لترفع أمه رأسها إليه في صدمة_ماذا ، ، ، ماذا تقول يا نديم

ليطأطأ نديم رأسه بأسى _هذه هي الحقيقة أمي، نايا قصت لي كل شيء وتتزامن حكايتها مع فعلة أخي يا أمي نعم كان هذا منذ ثلاث سنوات، وللآسف هي تظنني أنا من فعلت بها هذا لأن ناجي يشبهنى فهو توأمي فليرحمه الله ويغفر ذلته

لتقول الأم_ لاحول ولا قوة ألا بالله أتلك الرقيقة الجميلة من دمرها ناجي، سامحك الله يابني، سامحك الله

ليجلس نديم إلي جوار أمه وقلبه يتقطع من الحزن علي نايا _تزوجتني ظنا منها أني مغتصبها، تزوجتني لتصون شرفها يا أمي، الآن بت أعرف لمَ كانت تتقرب مني هكذا ومنك بهذا الشكل رغم أنها لا تعرفنا، لكي تجعلنى اتزوجها، تحاملت علي نفسها وتزوجت من دمر حياتها حتى لا يخوض الناس في عرضها أمي، حتى لا يسيئون فهمها إذا ما تزوجت بأحد آخر ولم يجدها بنتاً، كانت تحاول أن تستر نفسها ثم أكمل بضحك يشوبه البكاء _يالها من فتاة قوية، استطاعت تحدي ضعفها، تحدي ما حدث لها كى تنفذ خطتها حفاظاً علي شرفها وسمعتها، حاولت إنقاذ ما تبقى منها، أنا فخور بها حقاً أمي، ياله من شرف عظيم أن أتزوج بها، بفتاة شريفة مثلها، الآن زادت في نظري أمي الآن بت أريدها أكثر من أي يوم مضى، ليس من أجل ما فعله أخي بها فقط وأنما لعلوها في نظري لقد استطاعت أن تعلمني درسا لن أنساه ما حييت.

لم تستسلم لما حدث لها، نعم ضعفت وانتكست وتألمت لكنها استطاعت العودة استطاعت أن تقف علي قدمها وحدها ومواجهة ما حدث لها كى تكمل المسير، لم تقل أن هذا محال وأنه درب من الخيال بل كانت واثقة من نفسها حتى حققت حقا ما أرادت وتزوجت بى

الأم وماذا ستفعل بى _لابد وأن تقص لها الحقيقة كاملة

نديم بألم _كيف هذا وهي تظنني ناجي ولا تريد أن تسمعني ، سأتصل بالطبيبة النفسية وسأقص لها ما حدث ولأنظر ماذا تجيبني

كفف نديم دموعه وأتصل بالطبيبة التي ما علمت بالأمر حتى جاءت علي الفور لتطمئن علي نايا

حاولت معها كثيرا لكنها فشلت في ايقاظها وقالت_ أنها ستستغرق بعضة أيام حتى تفيق فهذه هي عادتها تهرب من الواقع دائما، مسكينه ما مرت به ليس هينا أبدا ويسببك أنت أستاذ نديم، لا تستغرب فأنا أعرف كل شيء نايا حالة تتابع عندي منذ سنوات بسبب فعلتك.

قالت هذا وهي تنظر لنديم بغل

فقال لها نديم _لابد أن أخبرك الحقيقة أيتها الطبيبة، فأنت من تستطيعين التحدث إليها واخبارها بحقيقة الأمر

الطبيبة_حقيقة ماذا، أتريد الإنكار، كل شيء انكشف، فلتطلقها ودعها ترتاح حتى يسامحك الله تب من فعلتك تلك قبل أن تموت

نديم فلتهدئي أيتها الطبيبة فلتجلسي وسأحكى لك

جلست الطبيبة علي مضض

نديم_أنا لست من فعل هذا بنايا ثم أكمل بحزن، بل أخي التوأم ناجي، رحمه الله فهو يشبهنى كثيراً

أجفلت طبيبة وقالت بصدمة_ماذا، أخيك التوأم، أكنت تعرف حكايتها طوال هذا الوقت.؟

نديم _لا أبدا، فقط كنت أعرف أن أخي اعتدى علي فتاة ما منذ ٣سنوات قال لي ذلك وهو يحتضر ثم أكمل ببكاء نعم كان يحتضر فبعدما فعل فعلته مع نايا تركها وهرب كان ثملا لا يرى أمامه فصدمته سيارة وتم نقله إلى المشفي، عندما علمت بأمر الحادث الذي تعرض له، ذهبت إليه سريعا لأجده يحتضر أمسك بيدي وقص لي بضعف وندم ما فعله بتلك المسكينة، أخبرني أن أطلب منها أن تسامحه وشدد في ذلك حتى يغفر له الله فهو بين يديه الآن، ترجاني أن أبحث عنها وأجدها أخبرني أنها من حي جوارنا، كاد يصفها لي لكن روحه فاضت لبارئها قبل أن يكمل، مات بين يدي، علي معصيته، علي كبيرة فعلها في لحظة ضعف أودت بحياته فخسر دنيته وآخرته للآسف، أسأل الله أن يتقبل توبته تلك قبل موته

أكمل وهو يقص للطبيبة

كانت حالتي بعدها يرثى لها فكيف لي بأن أعرف أن أخي اعتدى علي فتاة وأفقدها شرفها ومن ثم يموت بعدها مباشرة علي هذه الحال، خفت كثيرا ودعوت الله أن يغفر له ولي خفت أن أموت أنا الآخر علي معصية، ما حدث غير حياتي فبدأت أتقرب من ربى أكثر ادعوه أن يحسن خاتمى وألا يفتننى في حياتي ولا عند الموتِ

بحثت عن تلك الفتاة كثيرا لأطلب منها مسامحة أخي حتى يرتاح في قبره ولكن أنى لي أن أجدها؟ وكيف؟ هل أقول أبحث عن فتاة تم الاعتداء عليها؟

كنت أحاول أن أسمع عن أي حادثة اعتداء حدثت في الحى او الأحياء المجاورة أنا فأعرف أنها هي وأساعدها كنت سأتزوجها لأعفها وأحافظ علي شرفها بدلا من أخي كنت سأطلب منها مسامحة أخي لكن لم أسمع قط عن أي حادثة اعتداء في تلك الفترة أبدا

وعندما تزوجت نايا لم أكن أعرف أبدا أنها هي حتى قصت لي ما حدث، لكن قولي لي أيتها طبيبة بعد معاناتها تلك كيف سأطلب منها مسامحة أخي وأن تنسى بهذه السهولة ما فعله بها؟ كيف لي أن أتقرب منها، فأنا أحبها حقا وهي تكرهني لأني أشبه معتديها، كل ما تراني سوف ترى صورة أخي وتتذكر ما حدث معها، أيتها الطبيبة ساعديني فأنا أحبها ولا يمكنني الاستغناء عنها حقا

أخبرته الطبيبة أن يتحدثا في هذا الأمر في وقت لاحق عندما تفيق نايا من غيبوبتها تلك

***

كان نديم وأمه يهتمان بى لم يبرحاني لحظة واحدة كانا يحباني كثيرا والآن باتا يحباني أكثر بعدما علما أني أنا هي ضحية ناجي ابنهم، باتا يشعران بالمسئولية أكثر تجاهي

بعد ثلاثة أيام فقت من غيبوبتي

لأنظر حولي لأجد والدته أمامي والطبيبة المعالجة لي

***

سأكمل أنا نديم بقية حكاية نايا علي لساني فالأيام القادمة بدأ معاناتى أنا "نديم "الأخ التوأم لناجي الذي اعتدى للآسف علي نايا كما تعلمون

أحببت نايا كثيرا قبل أن أعرف حكايتها والآن بت أحبها أكثر وأكثر، عندما علمت الطبيبة أنها ستفيق خلال لحظات طلبت مني ألا أكون موجودا عند لحظة افاقتها حتى لا تتعب اكتر

لأتألم أنا كثيرا فلقد كنت أود الاطمئنان عليها وأخذها بين يدي لأقول لها أني معها ولن أتركها أبدا ، لكني للآسف أشبه أخي في الشكل وعندما تراني ستنهار مرة أخرى

عندما فاقت نظرت حولها لتجد أمي والطبيبة، ارتمت نايا بين ذراعى أمي وأخذت تبكى بشدة وهي تقول _هل علمت ما فعله ابنك بى ياخالتي، ابنك دمرنى ياخالة، بقيت لثلاث سنوات أحفظ السر في نفسي ولن ابُح به سوى لطبيبتي، لم استطع أن أخبر حتى والدي، ماتا بحسرتهما علي ياخالتي ماتا ولم يعرفا ما حدث لابنتهم

لتبكى أمي وهي تشدد من احتضانها لنايا وهي تقول _اعتذر لك بنيتى نيابة عن ابني، نايا هو نادم حقا علي ما فعل، أعلم أن لافائدة للندم بعد الآن، لكن الحمد لله سترك الله والجميع يعرف أنك متزوجة الآن فلا أحد يمكنه الخوض في عرضك أبدا، كنتى وستكونين شريفة عفيفة دائما

كانت خطة الطبيبة هي جعل نايا تتقبلنى علي أني معتديها، لأني لو أخبرتها أني لست هو ستشعر بأن ما فعلته كان هباءا وأني أتقرب منها فقد لدفع ثمن غلطة أخي وربما تنتكس ، أخبرتني الطبيبة أن علي جعل نايا تحبني وعندها ستنسى ماحدث ويمكنني بعدها أن أقول الحقيقة كاملة عندها تثق بى وترضى بى زوجاً حقيقياً لها

الطبيبة _حمدا لله علي سلامتك نايا، هيا قومي فأنت نايا القوية التي أعهدها دائما

لتبتسم نايا بسخرية_لا أيتها طبيبة، لم أعد كذلك ولا أريد، ارجوكى أخرجينى من هنا، كى أرحل إلي بيتى وأكمل بقية أيامي التي كتبها الله لي في هدوء

الأم بحزن_نايا هل ستتركينني؟هل ستتركين أمك الثانية نايا، أنا أحببتك كابنتى، أم أنك ستأخذيننى بذنب ابني

نايا_لا أبدا، فلا تزر وازرة وزر أخرى، أنت لا دخل لكِ يا خالة بما حدث

الأم_إذا فلتنسى يا نايا وتعيشين حياتك بشكل صحيح

نايا_سأحاول ياخالتي، لكن بعيدا عن هنا، أنا اعتذر لا يمكنني البقاء هنا أكثر من ذلك، ولكني سأهاتفك دائما كما يمكنكِ زيارتى لأني لن اتى إلي هنا بعد اليوم

الأم_نايا، نديم ندم علي ما فعل منذ سنوات والآن هو زوجك فهلا تسامحينه وتعطى له فرصة؟، فالمسامح كريم يابنتى

نايا_لا استطيع خالتي، لا يمكنني، نديم صفحة من حياتي وأريد محوها للأبد ولابد أن تساعدينني يا خالة علي الخلاص منه أن كنتِ تحبيننى

لتقول أمي ببكاء_أحبك يابنتى والله يشهد علي ذلك، ونديم أيضا يحبك كثيرا فهو أحبك قبل أن يعرف أنه أنت

طبيبة _نعم، نايا فأنا شاهدة علي ذلك، نديم نادم حقا علي ما فعل ويريد أن تمنحيه فرصة ليعوضك عما حدث

لكن نايا أصرت علي الخروج من المنزل وأصرت علي الطلاق وعدم مسامحتي وأنا أيضا أصريت علي الرفض، فكيف يمكنني أن أطلقها وأسرحها لترجع لوحدتها من جديد

لكني فوجئت بها تجمع ملابسها في حقيبة كبيرة وتصر علي الرحيل

حاولت منعها والتحدث معها، لكنها أبت حتى أن تنظر في وجهي، فطلبت مني طبيبة أن أدعها تمشى

صرخت وثرت_كيف أدعها ترحل هكذا؟لا لن أدعها لا يمكنني تركها وحدها أبدا

حدثتنى طبيبة بعيدا نسبيا حتى لا تسمع نايا حديثنا

طبيبة _أستاذ نديم هذا أفضل لها ، في المنزل ستكون حالتها النفسية أفضل ستتشعر أن خطتها نجحت وتحاول أن ترجع للحياة الطبيعية من جديد وتباشر تحقيق ما تطمح به من، وربما تشعر بالحنين لكم فأنت طوال المدة التي قضتها معك كانت تشعر باختلافك عن ما تعرفه عنك،

كانت تشعر أنك لست هو فلتثبت لها هذا فلتحاول جعلها تحبك حقا ولكن وأنت بعيد عنها أستاذ نديم

_كيف أفعل ذلك وأنا بعيد عنها، كيف؟

_هذه مهمتك، أعلم أنه صعب لكن ليس مستحيلا أبدا

ليبدأ التحدي الحقيقي لي

خرجت إليها حيث كانت أمي تحاول أثناءها عن ترك المنزل

قلت_حسنا نايا، سأسمح لك بمغادرة المنزل والانتقال إلي بيتك والعيش به

فأجابتنى بحدة _كنت سأمشي علي أي حال بموافقتك أم لا كنت سأرحل من هنا، لكن قبل ذلك فلتطلقنى حالا

لأقول لأتهرب من الأمر_سنتحدث في هذا لاحقا دعيني أوصلك إلي المنزل، هيا

_فلتطلقنى نديم لأرحل من هنا، أصلا زواجنا ليس صحيحا منذ البدايه فأنا تزوجتك

لغرض معين وأنتهي هذا الغرض ولا جدوى من ممطالتِك تلك.

تنهدت بضيق وأنا أمسح بيدي علي وجهي _نايا لا يمكنني ارجوكِ لا تطلبي هذا مني ثانية لأني لن أفعل

لتقول وهي ترحل _إذا بيننا المحاكم أستاذ نديم سأرفع عليك قضيه خُلع، سأتخلص منك لا مفر، اتفهم هذا

لأقول لكي تهدأ_حسنا دعيني أوصلك إلي منزلك بسيارتي نايا وسأفعل كل ما تريدنه لاحقا

لتقول بغضب_لن أركب معك أبدا، هذا آخر ما ينقصنى ابتعد عن طريقي نديم

رفضتْ رفضا قاطعا أن أوصلها بسيارتي فاوقفتُ لها سيارة أجرة ودفعت الأجرة للسائق وأعلمته وجهته كى ينطلق، كانت نايا تنظر لي بغضب وقالت_ اسمع أنت لست في حاجة لدفع أجرتي فأنت لم تعد لي شيئا بعد الآن، أيها السائق اعطى له ما دفعه لك

لأرمقها بنظرة حادة أخافتها فسكتت علي الفور وقلت للسائق وأنا أضرب علي هيكل السيارة الخارجي_ انطلق أيها السائق الآن ففعل ، رمقتني بنظرة ضيق قبل أن تنطلق بها السيارة لأبادلها بإبتسامة انتصار، فالتحدي بيننا قد بدأ وسأفوز به بكل تأكيد.

ركبت سيارتي وسرت وراء سيارة الأجرة إلي أن وصلت بها أمام المنزل، ترجلت من السيارة تجر حقيبتها ذات العجلات وصعدت السلم وصولا لشقتها في الطابقِ الثالث

استوقفتها زوجة عمها وهي تمر من أمام شقتها في الطابق الثاني وقالت بنبرة استهزاء سخرية وهي تقف مستندة بيدها علي باب شقتها وتلوي فمها في سماجة_ كنت أعرف أنك لن تعمرين كثيرا، أراك تأتين إلي بيتك بحقيبة ملابسكِ وبعد أقل من ثلاثة شهور علي زواجك، ماذا فعلتِ كى يطردك زوجك هكذا شر طردة

لتجفل نايا مكانها فهذا ما كان ينقصها حقًا سماجة زوجة عمها والافتراء عليها، كادت تفتح فمها لتجيب لأقول...

كنت أمشي وراء نايا لاطمئن عليها لحتى تدخل شقتها لأسمع هذه السيدة تتحدث معها بهذا الأسلوب الملتوى والمهين لأصعد بقية السلالم عدوا وأنا أنفجر من الغيظ فيكفي ما تعانيه نايا لتأتى هذه اللعينة لتحزنها أكثر، وجدتني أندفع نحو نايا وأمسك يدها، حاولت سحب يدها من يدي لكني شددت عليها ومنعتها من سحبها وأنا أقول بغضب لزوجة عمها_ أنا لم اطرد زوجتي وحبيبتي نايا، هي فقط جاءت هنا لتستريح بعض الوقت ومن ثم سآتى لاخذها مرة أخرى

لتفتح نايا فمها وتنظر إلي وهي ترفع حاجبيها فعلي ما يبدو أن الكلام لم يعجبها

لترد علي زوجة عمها فيبدو أنها لم تقتنع بما أقوله فتقول وهي تنظر للحقيبة في يد نايا_والتي تأتى لتستريح تحضر حقيبة ملابسها معها أم ماذا؟

كادت نايا لترد وتخبرها أنها طلبت الطلاق مني ولهذا لن تعود معي مرة أخرى

إلا أننى سبقتها وقلت _هذا لأنها ستمكُث هنا فترة طويلة لا نعرف مقدارها بعد فهي لا تطيق المنزل فالحامل كما تعلمين تنفر أحيانا من بيتها وتود أن تغير المكان

لتصمت زوجة عمها ولا تستطيع التلفظ بكلمة أما نايا فتفتح فمها علي آخره علي ما أقوله فلقد صدمت بما قلته وكذبي علي زوجة عمها

لأنظر إلي زوجة عمها وأنا أقول بسماجة مماثلة _لا أسمعك تباركي لنايا علي الحمل، ألستِ سعيدة من أجلها أم ماذا؟

ليسمع ذلك عمها وهو قادم فيقول _مبارك نايا، مبارك أستاذ نديم، تفضلا بالدخول لا تقفا هكذا

نديم_ شكرا لك عمي سأوصل نايا إلي الشقة وأذهب وسأعود في وقت لاحق، ارجوك عمي اهتم بابنة أخيك في غيابي فأنت بمثابة والدها الآن، بعادى عنها علي عيني لكنها لا تطيقنى أنا الآخر، الحمل كما تعلمون.

صعدت بها إلي الطابق الأعلى وأنا مازلت ممسكاً يدها وبمجرد أن وصلنا أمام شقتها حتى سَحَبتْ يدها من يدي بقوة وهي تقول بحدة _إياك أن تلمسني مرة أخرى أتفهم، ثم ما هذا الذي كنت تهزى به بالأسفل، أي حمل هذا الذي تتفوه به أجننت!!!، سيعرفون الحقيقة عاجلا أم أجلا

لأنظر لها بسماجة قاصدا اغاظتها _احتمال ما سيكون حبيبتي، فمكوثك هنا أمر لن يطول كثيراً، فزوجتي لا تبتعد عن منزلها كثيراً

لتجيبني بنفس الحدة التي تخاطبني بها_في أحلامك أيها الوغد، أنا لست لك ولن أكون

لأتحمل إهانتها لي علي مضض فأنا أريد أن أصلح العلاقة لا أن أفسدها فقلت بنرة تحدي_سنرى زوجتي العزيزة، سنرى

لتقول بغضب_لا تقول هذه الكلمة تصيبني بالاشمئزاز كثيراً، هيا ارحل من هنا

وقالت بإدخال المفتاح في باب الشقة

ناديت عليها _نايا

لم تلتفت لي ، فأكملت قائلا_جهزى نفسك من الغد ستذهبين إلي كلية التي تحبين

لتلتفت إلي باستفهام _ماذا؟

_لقد قدمت لك في كلية إدارة الأعمال وتم قبولك، عليك فقط أخذ أوراقك والذهاب غدا لإكمال الاجراءات، فبما أنك لا تريدينني فلتكملي أحلامك وطموحاتك نايا

لتقف نايا مندهشه _كيف علمت ذلك ومتى فعلت!!

_الطبيبة أخبرتني بكل شيء، وفعلتها عندما كنتى في غيبوبتك

لتقول وهي تخفي الفرحة بالتحاقها بالكلية التي طالما أرادت الدراسة بها ولكني لاحظت فرحتها تلك فأنا بت أفهم كل هفوة تقوم بها _ولكن الدراسة بدأت منذ أكثر من شهر ونصف، كيف يمكنني مجاراة الدراسة هناك

لأقول_أنت فتاة مجتهدة، نايا، أعلم أنك ستفعلينها يمكنكِ ذلك

نظرت اليّ ولم تعلق ودخلت شقتها وأدخلت حقيبتها قلت _نايا لست مضطرة للقلق بشأن طهي الطعام فأمي سوف تعده لكي وأنا سأجلب لكِ كل ما تحتاجين إليه، فلتهتمي بدراستك ومستقلبك ولا تقلقي بشأن أي شيء آخر ولتحاولي أن تنسى الماضى الأليم وتلقيه وراء ظهرك

لتجيبني بحدة_لا تتحدث وكأنك زوجى حقاً ومسئول عني، فأنا لست مسؤلة من أحد يمكنني تدبر أموري وحدي وابلغ سلامي لخالتي وقل

لها بألا ترهق نفسها فأنا لا أريد أن اتعبها اخبرها أني سأهتم بشئونى جيدا

لأقول بحدة مماثلة_أنا زوجك بالفعل نايا لا تنسى هذا

لتجيبني بعند_لن يدوم طويلا أتفهم هذا

قلت بعند مماثل فأنا أظن أن هذا هو الأسلوب الذي سيؤتى مفعوله معها_حسنا، وإلي أن يحدث ما تريدين فأنت مسئولة مني وأنتهي، هيا اغلقي بابك كى استطيع العودة للمنزل

لتنظر إلي بغيظ وتغلق الباب لكني مازلت واقفا قلت بصوت مسموع _مع السلامة حبيبتي، سأشتاق اليكِ كثيرا اهتمى بنفسك من أجلي دمتى لي.

ورحلت بحزن علي تركها وحدها وعزمت أن الأمر لن يستمر هكذا طويلا ولابد أن أعيد زوجتي إلي بيتها سريعا

وقفت خلف الباب بعد أن استمعت لكلامي قبل أن أغادر ذاهباً إلي بيتى وقد شَعُرتْ بضربات قلبها تزداد ولأول مرة تَشْعُرُ بالاضطراب من كلامي وكأني شخص آخر غير الذي دمرها لتقول في نفسها _ما الذي حَل بى، لمَ أشعر بشعور غريب يجتاحُنى، ومن ثَم راجعت نفسها وهي تقول_مابالكِ نايا، أنسيتى من هو وماذا فعل بك، لترجع إلي حدتها وبغضها لي مرة أخرى

***

في اليوم التالي استعدت نايا وارتدت ملابس مناسبة للخروج لأول يوم لها بالجامعة بمجرد أن خطت قدمها خارج المنزل ونزلت الدرج لتجد زوجة عمها تقول وهي تمط شفتيها كعادتها_إلي أين ستذهبين باكراً هكذا؟!

نايا بهدوء فهي متحمسة لأول يوم بالجامعة ولا تريد أن تعكر صفو مزاجها_إلي الجامعة يا زوجه عمي، وداعا

لتقول زوجة عمها في سخرية_وهل سيتركك زوجك تذهبين وحدك وأنتم ما زلتم متزوجين حديثاً

لأرمقها بضيق وأقول وأنا أرحل_لا شأن لكِ

وقَفَتْ في الشارع تنتظر سيارة أجري لتجدني أترجل من سيارتي فلقد كنت بانتظارها ذهبت ووقفت جوارها وأنا أقول بإبتسامة _صباح الخير حبيبتي، أتمنى أن تكوني نمتِ جيدا

لتلتفت إلي وتقول_ما الذي جاء بك إلي هنا

_كنت أنتظرك لأصل زوجتي الحبيبة إلي الجامعة

لتقول بحدتها المعهودة معي_قلت لا شأن لكَ بى، ابتعد من هنا فأنا لست زوجة أحد لمَ لا تفهم هذا

لأقول_نايا أنا أحبك، مازلت اعتبرك زوجتي وحبيبتي، نايا ألا تلاحظين أني مختلف عن السابق، ما حدث أنا نادم عليه حقاً وأود أن أعوضك عما فاتك نايا

لأجدها تكاد تبكى فقلت بتراجع _حسناً، حسناً فلتنسى ما قُلته، سأُوقف لكِ سيارة أجرة وأمشي خلفكم والأمر لله

ركبت السياره بدون أن تنظر إلي حتى وصلت إلي وجهتها أمام جامعتها، ترجلت من سيارتي سريعا وأنا أنادى عليها _نايا

لتقول بامتعاض _أنت ثانية، هل لن استطيع أن اتخلص منك وأرتاح، فلتتركني وشأني من فضلك

قلت محافظًا علي ابتسامتي وكأني لم أسمع شيئاً_تفضلي هذا الطعام، أعدته لكِ أمي وقالت أنها تعلم أنك لم تتناولي فطورك بعد وتخبرك أن عليك مهاتفتها عندما تنتهين من يومك الدراسي

لتبتسم بحب لهذه الخالة"أمي" فهي تهتم بأمرها وتَعُدُها مثل ابنتها حقا

لأبتسم أنا عندما أراها تبتسم فتلاحظ هي ذلك فتتجهم سريعا في وجهي ومن ثم تدس حقيبة الطعام في حقيبتها الشخصية وتذهب من أمامي لأقول بصوت عالٍ أظن سمعه من حولي ولكني لم أبالي بهم _موفقة نايا

وأقف محلي أشاهدها وهي تختفي بين الطلبة وأنا أتنهد بأسى ادعوا الله أن يقربني منها وأن يجمعنا علي الحب سويا قريباً فأنا اتقطع من بُعدها عني

ذهبتْ إلي حيث يمكنها تلقى محاضراتها، لم تفهم شيئا وهذا طبيعيا فهذا أول يومٍ لها وهم يسبقونها بشهر ونصف في الدراسة فخرجت أثناء فترة الاستراحه"البريك" تزفر بضيق لأنها لم تفهم شيئا وعلمت أن عليها أن تبذل جهدا مضاعفاً لتدارُك ما فاتها ففكرت أن تستعين بأحد زملائها في الحصول علي المحاضرات السابقة كى تستطيع أن تتماشى معهم الآن وبينما هي كذلك حتى وَجدتْ فتاة تقول _هل يمكنني الجلوس معك؟

رحَبتْ بها وقالت _نعم بالطبع تفضلي

الفتاة_يبدو أنك جديدة هنا اليس صحيحا؟

_بلي فهذا أول يوم لي بالدراسة هنا

_وكيف هو أول يوم لكِ؟ أظن أنه لم يكن جيدا فأنت تآخرتى علي القدوم كثيرًا

_نعم هو كذلك، لم أفهم شيئًا مطلقًا

لتبتسم الفتاة_لابأس ، لا تستسلمى ما رأيك أن أساعدك؟

لتقول نايا بسعادة _حقاً ستفعلين

_أجل بالطبع فهذه مهمتي أنا أساعد الطالبات من الفرق الأصغر مني وخاصة من الدفع الجديدة فهن تحتجن للارشاد والنصيحة من الأكبر سناً

_حسنا، شكرا لك

أخرجت الفتاة من حقيبتها بعض الأوراق والدفاتر وهي تقول_هذه بعض المحاضرات التي فاتتك وسأعمل علي توفير البقية لكِ، علي شرط أن تجتهدين وتبدين استعدادا فعلا لتلقى المساعدة، وأن تكوني جادة في الدراسة

أخذتها نايا بفرحة وهي تقول _نعم بالطبع أنا جادة حقا، لم آتى إلي هنا لإضاعة الوقت

_حسنا أهلا بكِ بيننا، اسمى سلمى، ومدت يدها وهي تقول _وأنت؟

مدت نايا يدها وبادلتها السلام _تشرفت بك، أنا نايا

_سررت بمعرفتك نايا

_وأنا كذلك شكرا لك

_لا داعي للشكر فأنا اقوم بواجبي، هذا رقمي إن احتجتي لشىء أخبريني، إلي اللقاء فلدى محاضرة الآن

_حسنا، إلي اللقاء سلمى

جلست نايا تدرس الأوراق التي أعطتها لها سلمى، فوجدت الشرح مبسط جدا وتمكنت من فهم ما يوجد به بكل سهوله فحمدت الله أن سخر لها هذه الفتاة الطيبة لتكون عوناً لها.

***

ذهبت سلمى إلي حيث كنت أنتظرها أنا نعم أنا لم تعجبون؟هل كنت سأترك زوجتي وحبيبتي تائه هكذا وأقف مكتوف الأيدي ، هذه الحيلة دبرتها خصيصا من أجل نايا.

طرقت سلمى باب مكتبي وعندما سمعت صوتها أذنت لها بالدخول

أراكم تعجبون مرة أخرى، فلأعرفكم بنفسي فنحن لم نعرف بعضنا جيدا، اسمى" نديم ثلاثة وثلاثون عاما، أعمل أستاذا جامعيا في قسم إدارة الأعمال"، نعم هل لاحظتم الصدف الجميلة التي تجمعني بنايا، ، أكبر نايا بأكثر من عشرة أعوام أعلم ذلك، لكني علي يقين أننا يمكننا أن

نتفاهم ولن يشكل فارق السن أي مشكله بيننا هذا علي افتراض أن نايا تقبلتنى ورضيت بى زوجا، لا أخفيكم سراً فأنا متحمس للغاية فلدي أسلوب سأتبعه واعتقد أنه سيبلي حسناً، ، حسنا فلنرى إذا

نظرت إلي سلمى بإهتمام وأنا أقول_ها سلمى فعلتِ ما طلبته منكِ

سلمى_نعم، دكتور، فعلت وطلبت منها أن تهاتفنى إذا ما احتاجت لشيء

قلت برضا _جيد جداً سلمى بارك الله فيكِ، لا تقلقي أضمن لكِ درجات أعمال السنة كلها

_لم أفعل هذا من أجل هذا الأمر دكتور فأنا حقاً أرغب في المساعدة، أحسستها فتاة جيدة

قلت حالماً_نعم بالطبع هي كذلك، نايا فتاة رقيقة ، بريئة جدا

ابتسمت سلمى وأظنها قد فهمت أني أكن لنايا المشاعر فقالت مشاكسة لي" فسلمى طالبة مجتهدة في آخر عام لها معنا هنا بالجامعة، أعرفها منذ أن كانت طالبة مستجدة، لفت انتباهي تفوقها وأدبها أيضا، فصارت تلميذتى النجيبة التي لا أتردد في مساعدتها عند الحاجة "_أري أن أستاذى، يهتم لأمر الطالبة الجديدة جيدا فهو يعرف عنها كل شيء، ترى ماذا في الأمر!! قالت ذلك وهي تضع أصبعها علي ذقنها وهي تحركه وتغمض أحد عينيها كدليل علي التفكير في الأمر

لأعبس بوجهي لتلك المشاكسة التي قد تناست أني أستاذها _يبدو أن هناك من نسيت أني أستاذها ولست صديقها، فباتت تتدخل في خصوصياته

لتراجع سلمى باحراج _اعتذر دكتور، أنا آسفه

_لا عليكِ سلمى، فنايا فعلا يهمني أمرها كثيرا، وفي القريب العاجل ستسمعين عنا خبراً سعيداً

لتقول سلمى_مبارك لك أستاذى

لأقول بتحذير _سلمى، نايا لا ينبغى أن تعرف أن هذه الأوراق لي

سلمى_نعم دكتور لن أخبرها بذلك، فلتسمح لي لأذهب إلي محاضرتى.فأذنت لها بالآنصراف

كنت لا أريد من نايا أن تعلم أنه أنا من كتب هذه الوراق لها خصيصا حاولت الشرح فيها بأسلوب مبسط كى تفهمه لأساعدها علي المضى قدما أخشى أنها لو علمت أنها مني فلا تنظر إليها ولا توليها أي إهتمام لذا أردت أن أبقي هذا الأمر سراً لحين وقته المناسب

أنتهي اليوم علي خير انتظرتها إلي أن خرجت من الجامعة وحاولت إيجاد سيارة أجرة تركب بها، اقتربت منها وأنا أقول_مساء الخير حبيبتي، كيف كان يومك ألأول!

لأراها ترمقنى بغضب فأرفع يدي بطريقة مسرحية وأنا أقول_حسناً آسف لن أتكلم، سأجد لكِ سيارة أجرة ومن ثم أمشي خلفكم كالعادة للاطمئنان عليكِ

لترمقنى بضيق ولم تعلق أوقفت لها السيارة وركبت وصعدت سيارتي أيضا أسير خلفهم إلا أن رأيت السيارة تتوقف قبل المنزل بمسافة وسمعتها تقول_ للسائق انتظرنى هنا لن أتآخر

ترجلت من السيارة وحاولت اللحاق بها لأجدها تدخل محل كبير للبقاله"سوبر ماركت"وتبتاع منه ما تحتاجه، لأقول وأنا أقف لجوارها بضيق_ألم أقل لكِ أني سأتكفل فكل ما تحتاجينه نايا، لست في حاجة إلي المجىء هنا، سأهتم أنا بالأمر

لتقول بنفاذ صبر و أسى_ألا استطيع التخلص منك، ستظل تظهر لي هكذا في أي مكان أذهب إليه الن استطيع أن أجعلك صفحةً في طى النسيان؟ألن استطيع أن أعيش حياتي طبيعية

_بلي فأنا أريدك أن تعيشي حياتك الطبيعية وتنسى ذكرياتك القديمة تماما

قالت بتبرم_كيف وأنت كنت جزءاً منها، وأراك الآن مصراً علي تتبعني في كل مكان أذهب إليه

_نايا ، صحيح أني كنت جزء من ماضيكِ المؤلم لكني أحاول الآن أن أكون جزءا من حاضرك الجميل، أريد أن أعوضك ما تسببت به سابقا

_لن يكون جميلا وأنت فيه ، اتركني وشأني ارجوك، يكفي ما مررت به بسببك

_فلتنسى نايا ارجوكِ هذه الذكرى الاليمة فهي لن تجلب لك سوى التعاسة وأنا لا أريد أن أراك هكذا، أريدك سعيدة حقا

_إذا كنت تريدنى سعيدة فلتغرب عن وجهي نديم ولا تريني وجهك ثانية

لأقول بحزن_لا استطيع، فأنت أصبحت جزءا مني الآن، ولن أترككِ حتى ترجعين معي وتسامحينني، فلتأخذي وقتُكِ أنا أنتظرك

لتقول وهي تختفي من أمامي_فلننتظر حتى تشيب إذا لأني لا أنوى مسامحتك

لاتنهد بألم وأنا مغتاظا من أخي_لمَ يأ أخي، لمَ، بسببك لا تطيقني فليرحمك الله.

ذهبت لتدفع ثمن المشتروات فقال لها العامل أن الحساب مدفوع فقالت باستغراب _من الذي دفعه، ليشير العامل إلي وأنا أقف بعيدا وابتسم لها بسماجة وأضع كلتا يدي في جيب بنطالي

لتنظر إلي بغيظ وتأخذ مشترياتها وتستقل السيارة مرة أخرى إلي المنزل

اطمأننت علي دخولها المنزل بسلام وذهبت إلي بيتى سريعا لأخذ الطعام التي أعدته أمي لنايا ومن ثم عدت مرة أخرى إلي منزلها، طرقت الباب لأسمعها تقول _من بالباب؟

قلت لاستفزازها أعلم أنها باتت كرهه هذه الكلمة_هذا أنا زوجك وحبيبك نديم

لتقول بضيق_فلتعد من حيث أتيت فالعنوان الذي تقصده خاطىء

_ولكني متأكد من أنه العنوان الصحيح، فقلبي لن يخطىء أبدا

لتقول بحدة بعد أن فتحت الباب_اسمع أعلم أنك ممثل بارع ولن تنطلي علي ألاعيبك وحيلكَ هذه، فلتوفر مجهوداتك العظيمة تلك لأنها لا تؤثر بي مطلقا

قلت وأنا أنظر في عينيها بحب _وأنا لا أنتظر منك شيئا نايا، أريد فقط أن أراك سعيدة تتخطين ألمك وحزنك وتحققين أحلامك، أخبرتك أني مستعد أن أنتظرك عمري كله لحتى تنسي وتفتحي معي صفحة جديدة.

استشعرت نايا صدق كلامي فقالت وهي تبتلع ريقها_ماذا كنت تريد؟

ناولتها الطعام_تفضلي هذا طعامك، أمك أعدته لك وتنتظر منك مكالمه تفصيلية علي برنامجك اليومى في الجامعة، ثم قلت وأنا أضحك_أمي لن تتركِكِ حتى تعرف كل كبيرة وصغيرة فعلتِها بالجامعة فهذه عادتها دائما

مرت الأيام سريعا، لم تفكر نايا سوى في الدراسة والتفوق لتحقيق حلمها، اعتادت علي وجودي كل صباح ومساء أراقب خروجها ودخولها إلي المنزل، كنت سعيد بذلك وأنا أراها تتحسن يوما بعد يوم وترجع إلي حياتها الطبيعية، كنت أبعث لها سلمى دائما بالأوراق ذات الشرح المبسط، حاولت إلا أظهر إليها في الجامعة ألا في الوقت المناسب أيضا عندما أشعر أنها بدأت تتحسن فعلا وأظنه جاء،

كانت تجلس في المدرج بين زميلاتها من الدفعة وسمعتهن تتحدثن_بنات هل سمعتم بأن دكتور نديم سيدرس أخيرا لدفعة السنة ألاولي!

لتقول الآخرى_أنا سعيدة حقا، فالجميع يحب دكتور نديم ويقولون أن فاتنا الكثير بعدم تدريسه لنا

والآخرى _أتمنى حقا أن يدرس لنا، حضرتُ له مرةً مع أختى الكبرى وكان شرحه ممتازا

لتقول نايا في نفسها _اسمه نديم، هذا ما كان ينقصنى، حتى اسمك لا يريد أن يدعني وشأني

لتتفآجأ بالفتيات تصيح بسعادة _يإلهي

أنه دكتور نديم!!

***

لتنظر أمامها فتجدني أدخل حقا وأجلس مكاني أمام الدفعة وأقول بترحاب_أهلا بكم جميعا، أنا سأكون أستاذكم من الآن بدلا من دكتور حبيب، لأسمع صوت صافرات الاعجاب وتصفيق الفتيات في فرحة بوجوده

نظرتُ إليها فوجدتها في حالة صدمة لا تصدق ما ترى عينيها وتنظر إلي بزهول وهي تقول في نفسها _تبا له أهو يريد أن يصيبني بالجنون أم ماذا؟ فهو يأبى تركى، أراه يظهر لي في كل مكان، ثم ما بال الفتيات هائمات به إلي هذه الدرجة، ابتسمتْ في سخرية وهي تقول_هذه عادته إذا أن يُوقِع بالفتيات الصغيرات، ياله من محتال

بدأت في الشرح وأنا أنظر لها بين الحين والآخر لأراها تتعجب من بساطة شرحى وأظنها فهمته علي الفور، بدأت أكتب علي السمارت بورد "اللوحة المخصصه للكتابه"، ففتحت فمها في عدم تصديق، أنه نفس الخط الذي يوجد بالأوراق التي تعطيها إليها سلمى نعم هو نفس الخط فهو مطابق له تماما، لذا قررت أن تسأل سلمى من أين تأتى بها بالأوراق

بعد انتهاء المحاضرة، كانت الفتيات معجبات بشرحي المبسط والذي يفهمونه علي الفور لتقول أحداهن_يا إلهي أنها اول مرة أن أفهم المحاضرة كاملة، أنه أستاذ رائع

اتصلت نايا بسلمى التي أتت لها علي الفور

_سلمى هل لي أن أسألك سؤالا!مِن أين تأتين بهذه الأوراق

كنت قد قلت لسلمى أن تُصَرِّح أخيرا عن كوني أنا صاحب الأوراق إذا ما سألتها نايا

لتقول سلمى_أنها تخص دكتور نديم هو من شرحها خصيصا لكِ وأخبرنني أن أحضرها لك، أستاذ نديم إنسان رائع بمعني الكلمة فأنا أعده قدوة لي في الأخلاق العالية والروح الطيبة، فلا طالب ولا طالبة في الجامعة ألا ويحبه

لتتخبط نايا في أفكارها ولم تعد تدري بأي صورة تراني فيها أتراني مُعتديها ومدمر حياتها؟ أم تراني ذلك الشخص الآخر التي لم ترى منه سوى ما هو جميل؟

***

انقضى اليوم وذهبت نايا إلي المنزل

ذهبت إليها لأراها لا أدري لمَ احسست بالشوق إليها فصعدت الدرج لأجد..

كانت نايا في المنزل تحاول ترتيبه قليلا قبل أن تبدأ في المذاكرة، سمِعتْ طرقا علي الباب فارتدت إسدالها وخمارها وقالت _من بالباب

_افتحى نايا فأنا فراس ابن عمك

ففتحت نايا وهي تقول_ماذا تريد يا فراس

_كيف حالك ابنة عمي

_بخير شكرا لك

_ماذا، هل سنتحدث علي الباب هكذا ألن تدعونى للدخول؟

_آسفه لا استطيع فأنا أعيش وحدي هنا

_وماذا في ذلك، فأنا ابن عمك لستُ غريبا

_اعتذر لا يمكنني السماح لك بالدخول فلتقل ما تريده وتذهب إلي شقتكم

_لا لن اذهب حتى ألج إلي الداخل وأتحدث معك، قلت لك أنا ابن عمك ومن حقي الدخول

ليجدني أمسكه من ملابسه وأقول بحدة_قالت لك أنها تعيش وحدها فكيف ستدخل أيها الغبى، أم أنك تريد أن افهمك بأسلوبي الخاص؟

ليبتلع فراس ريقه من الخوف وخاصة عندما يجد الشرار يتطاير من عينيني أكملت_أنزل إلي شقتك وإياك الاقتراب من شقة زوجتي مرة وأخرى وألا لن ارحمك حينها

ليفر فراس من أمامه بسرعة

لتنظر إلي نايا في اعجاب واستغراب أيضا فقلت_لم تحدقين بى هكذا؟

استعادت نفسها وقالت _لا شيء ما الذي جاء لك إلي هنا، احضرت لي الطعام سابقا فلمَ اتيت؟

قلت وأنا خائفا عليها _هل تعرض لك ذلك الآخرق من قبل؟

لتهز رأسها بالنفي وتقول _أنت من تعرضت لي سابقاً أم تراك نسيت؟

لأصيح بها_تانية نايا ألن نتفق علي أن تمحي هذه الذكرى من ذاكرتك نهائيا، الله يغفر نايا، ألا تغفرين لي أنت؟

لتقول ببكاء_ليس بيدي حيلة، حاولت مرارا وتكرارا أن أنسى ولكن تأبى هذه الذكرى أن ترحل عني، حاولت كثيرا أن أنساها لكني لم استطع ، لم تزل من ذاكرتى يوماً، هل تظن ما فعلته بى أمراً سهلاً لأنساه

اقتربت منها محاولا إحاطتها بذراعى لأخفف عنها، لتتراجع وهي مازالت تبكى _ابتعد من هنا نديم، فأنا لن اغفر لك

لاقترب أنا أكثر وأدخل بداخل شقتها لأول مرة ماداً يدي نحو وجهها ماسحاً دمعاتها التي لا تتوقف لتصرخ هي بى وتحاول الابتعاد عني_ابتعد إياك أن تلمسنى أيها الوغد

لأقول بهدوء عكس ما يجول في قلبي فأنا أشعر بنيران الاشتياق إليها، احترق لكونها تبكى هكذا بعد أن اغلقت باب الشقة

_شش"اسكتى"، اهدئى نايا، لا تبكى ارجوكِ، لا أتحمل دموعكِ تلكِ

لتقول بصراخ وبكاء_مخادع محتال أين كنت عندما رجوتك أن تتركني عندما كنت أزرف دموعي كالشلال واستحلفك ألا تقترب مني لم تشفع لي عندك أي شىء من هذا ولم تشعر أبدا بصرخاتي واستنجادي بأحد، كنت كالحيوان الذي لا يملك في قلبه ذرة رحمة او شفقه بل الحيوان أحيانا يكون رحيما أما أنت فلا، لم ترحمني يومها فذبحتني ودمرت حياتي أتقول الآن أن دموعي تؤلمك!فلتكذب كذبة أخرى غير هذه

لم أعد أتحمل المزيد وودت أن أخبرها الحقيقة ولكني قلت_كنت ثملا لم أشعر بشىء اعتقد أنه ما كنت أراك من الأساس

لتقول _عذر أقبح من ذنب

_اعتذر، فلتسامحيننى، ألا تلاحظين أني تبت وتغيرت، نعم تبت بسببك أنت عدت إلي الله وتقربت منه، عساه يغفر ذلتي، لم أعد ذلك الذي عرفته يوما، سأرحل نايا علي أمل أن تعطيننى وعداً بأن تسامحيننى يوماً، سأنتظر ذلك اليوم بفارغ الصبر

رحلت مكسورا في ذلك اليوم فلم يكن لدى أمل في أن تنسى نايا ما حدث او أن تسامح أخي علي ما حدث، نعم ما منعني من الاعتراف لها هو أني أريدها أن تسامح أخي، لا أريده أن يتعذب في قبره فعقاب الله شديد، لكنها لم تعطينى وعداً بل ظلت تبكى فحسب، رحلت إلي منزلي وإلي سريري بالتحديد موجوع القلب حزينا، لم أذق طعم النوم أبدا تلك

الليلة، قمت من فراشي وشعرت بحاجتى لمناجاة ربى صليت وبكيت وتضرعت له دعوته أن يجمعني بها فأنا لم أنوِ يوما علي أذيتها بل أنا أحبها من كل قلبي، خطئى الوحيد أني أشبه أخي، حتى لو قلت لها الحقيقة قبل أن تنسى ما حدث وتسامح أخي وتتقبل ما مرت به وتطويه مع النسيان وتحبني فهي بمجرد أن تراني ستتذكر كل شيء، أما إذا أحبتنى بصدق، ستراني مختلفا كليا عن أخي حتى لو كنت أشبهه في الشكل

عزمت علي ألا أحتك بها بعد اليوم وأتركها وشأنها بل وفكرت في أن أطلقها و أدعها تجرب حظها مع رجل آخر علها تجد معه الحب الذي سيعوضها أيامها

المريرة، لكني لم استطع فعلها ابتعدت عنها فقط كنت أبعث لها بالطعام فأضعه بجوار الباب وأدق الجرس وأرحل، كنت أتابعها بسيارتي في ذهابها وعودتها دون أن تراني، كانت تراني فقط في الجامعة عندما أدرس لهم، مثلي كأي دكتور يشرح لهم المادة ثم يرحل

***

كانت نايا بعدما قللت من احتكاكى بها نهائيا تشعر بأن هناك شيء ينقصها، شيء كان يملأ حياتها، شيء ما كان يصيبها بنغزة في قلبها، فرغم أنها كانت تدعى ضيقها من وجودي ألا أنها ، كانت تشعر بالأمان عندما تلمح سيارتي خلف السيارة التي تركبها كانت دائما تعاند نفسها وتأبى الاعتر اف، نعم هي تعترف بأن نديم التي تزوجته مختلف كليا مع من دمرها، بل هي متأكدة أنهما شخصان لا شخص وأحد ولكن يحملان نفس الشكل، لكنها كانت تعاند وترفض تصديق الأمر

ظننت أن بابتعادى عنها سترتاح لكن العكس حدث كانت تشعر بالتعب أكثر في بعدى عنها، قررت الذهاب إلي طبيبة وقص لها كل ما تشعر به، لتصارحها الطبيبة بحقيقة كونها أحبتني لتصيح بها نايا باستنكار

_ماذا، ماذا تقولين أيتها الطبيبة، هل أحببته، هل أحببت مغتصبي؟لا لا يعقل، وأن كان هذا صحيحا فسوف أميت قلبي قبل أن يحيا بحبه، لا

يجب أن يحدث هذا، ثم أكملت ببكاء _لمَ يحدث هذا معي؟لا أريد أن أتعلق به أيتها الطبيبة، ساعديني

_هونى عليكِ نايا، فنديم الذي ترينه الآن شخص مختلف تماما عما تعرفيته في السابق، أخبرني أنه يحبك كثيرا وطلب مني المساعدة

صرخت نايا بطبيبة_أوصدقته؟أنه محتال مخادع

_لا نايا، استشعرت صدق حديثه، كان الكلام يخرج من قلبه لا لسانه، نديم يحبك نايا وأنتى بدأتى بالانجذاب له وبدأت تحبينه، لمِ لا تمنحين قلبك فرصة ليحيا من جديد، اسمحى لقلبك أن يحب فأنه إذا ما أحب فسوف لا يرى عيوب وأخطاء من أحب، سيحبه علي كونه هكذا دون تجميل أو تزييف، سيحبه لشخصه هو، كما هو عليه الآن اسمحى لنديم أن يعبر لك عن حبه صدقينى ستجدين السعاده وستنسين ما مررتِ به يوما، نديم زوجك فلتسمحى له بالتقرب اليك فوالله لن تجدى قلباً أحبكِ مثله ، اسمحى له وستجدين مفآجأة تسرك باذن الله

خرجت من عند الطبيبة لتتخبط في أفكارها أكثر، شعرت بالاختناق بحاجتها إلي هواء نقي فذهبت نحو الشاطىء جلست علي رماله الناعمة ، سرحت في الفضاء الفسيح ومنظر البحر الساحر، سحرها الهواء العليل فاغمضت عينيها في سنة من نوم لتجدني أظهر في أحلامها، بدا مختلفا عما كنت أراه عليه

، لأول مرة أشعر أنه مختلف عمن دمرني مختلفا حتى في الشكل، لم ألحظ هذا سوى الآن، نعم بت متيقنة أن نديم ليس من فعل هذا بى ، لكن لمَ يدعى أنه هو من فعلها، لمَ يحمل نفسه وزر شخص آخر، كانت قد قررت مواجهتي والاعتراف لي أنها اكتشفت خدعتي وأني لست الفاعل، كانت ستقول لي أنها تود أن ترجع معي ولتبدأ حياة طبيعية، لكنها بمجرد أن رجعت شقتها حتى دق باب المنزل لتفتح بعدما ارتدت إسدالها وخمارها، رجلا يمسك في يده ورقة ويطلب منها إمضاء الاستلام ففعلت، وقفت لتفتح الورقة بعد أن اغلقت الباب خلف الرجل، لتشهق بقوة وتضع يدها علي فمها بصدمة

نعم، فلقد طلقتها أردت تسريحها، لتكمل حياتها هنيئة بدون منغصات لم أعد أتحمل رؤيتها تتعذب هذا، طلقتها لأني رأيت أن هذا أفضل لها، لابأس سأتعذب أنا، لكني لا أريد لها ذلك، طلقتها متمنيا لها بحياة أفضل مع رجل ربما يكون أفضل مني تحبه ويحبها

باتت ليلتها تبكي قهرا علي قلبها وحياتها البائسة فهي ما تلبث أن تريها شعاع أمل حتى تسحبه منها وتلقيها بقسوة في ظلام دامس في بئر عميق مظلم مقفر لا حياة فيه

كانت تسير إلي جامعتها كالألة لا روح فيها ولا تشعر بطعم الحياة فقدت شهيتها لكل شيء حتى جامعتها التي أبدت تفوقا ملحوظاً بها لم تعد تهتم بها

في مرة من المرات كانت تجلس شاردةً في باحة الجامعة في وقت الاستراحة ترسم بالقلم شخبطات في الدفتر لا معني لها، حتى استاذن طالب زميل لها بالجلوس _اعتذر لن آخذ من وقتك الكثير، ثواني فقط

_أنسه نايا، أنا ليس لي في الحوارات الكثيرة، فأنا معجب بكِ، وأريد هاتف ولي أمرك لأفاتحه في الأمر

لا اراديا منها كتبت رقم خالتها أم نديم وأعطته له دون أن تعلق علي كلامه أو أن تسمعه بتركيز حتى

كانت تجلس في غرفتها تحاول أن تدرس حتى سمعت أحد ما يطرق علي الباب بقوة شديدة مما جعلها تفزع وتسرع بارتداء الاسدال والخمار لتفتح الباب لتجدني أمامها وأعينني تميز من الغضب والغيظ منها، ارتعدت من منظري المرعب هذا وابتعدت للخلف لأتقدم منها بعد أن أغلق الباب بقوة خلفي فتنتفض علي إثره وأقول بحدة_تريدين أن تتزوجى ها؟، من هذا الابلة!!!، هذا الذي فضلته علي نايا؟

لتبتعد أكثر وهي تبتلع ريقها في رعب تخشى أن أتهور عليها او أضربها

صرخت بها بحدة _ردي علي، أتريدين أن تتزوجى هذا الشاب حقا؟

لتجيب بخوف وهي تهز رأسها بالنفي وتنظر للأسفل مغمضة العينين خوفا مني

اقتربت منها وأمسكت ذراعها بقسوة، نعم فأنا اغار، اغار عليها ولا أتحمل وجود أحد آخر في حياتها فلقد كنت مخطئا نايا لي وحدي وسأحارب من أجلها قلت_اسمعيني صوتكِ، أتريدين هذا الشاب، انطقى؟

لتقول بصوت متحشرج مرتجف_ل...ا، لا..أريد

لاهدأ من ثورتي وأبعد يدي عنها وأقول بهدوء وكأن شيئا لم يحدث_فلتفتحى أعينكِ إذا

لتفتحها بتردد وهي ما زالت خافضة رأسها لأسفل قلت وأنا أحاول رفع رأسها لأعلي _انظري إلي نايا

لتنظر في وجهي وتتعانق أعيننا ببعضها البعض تشكو لبعضها الآم الفراق والبعد

لأقول _أحبكِ نايا ولا يمكنني الاستغناء عنك أبدا

لتقول ببكاء_ولمَ طلقتنى إذا

لأقول بأسى_ظننا مني أنكِ سترتاحين بابتعادى عنك ، لكن لم أجد سوى أنك تزدادين سوءاً كنت أراقبك دوما لأجدك شاردةً معظم الوقت، مستواكِ الدراسي تدني، مسحة الحزن باتت تظهر في أعينكِ من جديد، تلك المسحة التي عشتها فيك منذ أن رأيتك في منزلي قبل أن أعرف حكايتك وودت لو استطعت أن أمحيها للابد

لتصمت نايا فأكمل أنا_نايا أنت الوحيدة التي أحببتها يوما

لتقول_أنت لست من فعلها بى أليس كذلك؟!

لأقول بأسف_بلي لست أنا أنه أخي التوأم نايا ولكنه مات بعد فعلته بلحظات قابل ربه بذنب عظيم نايا، لهذا وودت منك مسامحته لهذا لم أقل لك الحقيقة قبل أن تسامحيه

لتقول بهدوء_سامحته

لاقترب منها بفرحة محاولا أن أضمها إلي صدري، لتبتعد عني سريعا _ابتعد فنحن لم نعد متزوجان

قلت_نحن في شهور العدة، وأنا رددتك الآن

فقالت بسخرية_هذا إذا كنت لمستنى لكنك لم تفعل

لأقول_أمام الناس أنا فعلت لقد دخلتِ منزلي وبتِ في شقتي ولكن علي كل سأخذكِ إلي المأذون ونستشيره وأن لم يكن الأمر هكذا فسأتزوجك من جديد، المهم أني لن أتخلي عنك مرة أخرى

_أتفعل هذا، بسبب أخاك نديم

_كنت أخشى سؤالك هذا، لكن أقسم لك نايا، أنا أحببتك قبل أن أعرف أي شيء، أحببتك كما أنت وبعد ما علمت لم يغير شيئًا في رأيى

_ولكن أنت تستحق فتاة أخرى أفضل مني، فتاة عذراء وليس مثلي

ليقول بحب وألم_أنت بالنسبة لي بفتيات العالم كلها، أنتى عذراء بحياءك وبراءتك وعفتك تلك التي ليس لها حدود، أنت أميرة قلبي وعقلي، لن تستطيع أي فتاة علي وجه الأرض أن تسلبني قلبي مثلما فعلتِ أنت

لتقول_لكني قد أعاني من اضطرابات نفسية قد تعكر صفو حياتنا الزوجية

_سنتخطاها معا، أعدك أني لن أتركك، سأكون إلي جوارك دائما، أسأل الله أن يعينني علي تعويضك عما ممرتِ به

_ألن تندم علي الزواج بى يوما

_بل سأندم أن لم اتزوج بك حقا نايا

_اتحبني لهذه الدرجه!

_أحبكِ حد الموت نايا وستثبت لك الأيام ذلك

***

بعد عدة أيام

كنت أهلل وأكبر والفرحة تغمرني ليست لأن زوجتي مازالت عذراء فالأمر لم يكن يشغلني وأنما فرحا بنجاة أخي، إذا هو لم يؤذها، ربما يتقبل الله توبته ويغفر له ذلته، رحمك الله أخي وغفر لك

كانت صدمتها كبيرة وسعادتها أكبر وهي تقول _أيعقل هذا!!

قلت_لقد صانك الله نايا، حفظك لأنك كنت تحفظينه في السر والعلن "احفظ الله يحفظك، احفظ الله تجده تجاهك "

عن عبد الله بن عباس رضي الله عنهما قال: كنت خلف النبي صلي الله عليه وسلم فقال: (يا غُلام أني أعلمكَ كلِماتٍ، احفَظِ اللَّهَ يحفَظكَ، احفَظِ اللَّهَ تَجِدْهُ تجاهَكَ، إذا سألتَ فأسأل اللَّهَ، وإذا استعَنتَ فاستَعِن باللَّهِ، وأعلم أن الأمةَ لو اجتَمعت علي أن ينفَعوكَ بشَيءٍ لم يَنفعوكَ ألا بشيءٍ قد كتبَهُ اللَّهُ لَكَ، وأن اجتَمَعوا علي أن يضرُّوكَ بشَيءٍ لم يَضرُّوكَ إلا بشيءٍ قد كتبَهُ اللَّهُ عليكَ، رُفِعَتِ الأقلام وجفَّتِ الصُّحفُ).[رواه الترمذي]

ودمتم في أمان الله وحفظه

أسماء عبد الهادي

أم عائشة

حين تساقطت أوراق الربيع